la courte échelle

D1432073

Bonne fête
Audra-Julia
Je te souhaite
des heures de bonheur
dans cette lecture
Je t'aime
(mimi) Lorraine

Les éditions de la courte échelle inc.

18/04/02

Stanley Péan

Stanley Péan est né à Port-au-Prince, en Haïti, en 1966 et il a grandi à Jonquière où ses parents se sont installés la même année. Il vit maintenant à Québec où il prépare un doctorat en littérature.

Depuis la sortie de son premier roman, *Le tumulte de mon sang*, en 1991, Stanley a publié plusieurs romans et recueils de nouvelles. À la courte échelle, en plus de ses romans pour adolescents parus dans la collection Roman+, il a écrit *Zombi Blues*, publié dans la collection pour adultes Roman 16/96.

Si la musique, surtout le jazz, est aussi présente dans ses romans, c'est qu'il en est passionné. Son amour de la musique et des mots l'a d'ailleurs poussé récemment à écrire des chansons. Il devient même, à ses heures, chroniqueur musical pour certains journaux. De plus, afin de partager sa passion pour la littérature, Stanley participe fréquemment à des rencontres avec des groupes de jeunes dans les écoles, au Québec et en France.

L'appel des loups est le troisième roman pour les jeunes qu'il publie à la courte échelle.

Du même auteur, à la courte échelle

Collection Roman+

L'emprise de la nuit
La mémoire ensanglantée

Stanley Péan

L'appel des loups

la courte échelle

Les éditions de la courte échelle inc.

Les éditions de la courte échelle inc.
5243, boul. Saint-Laurent
Montréal (Québec) H2T 1S4

Illustration de la couverture:
Israël Charney

Conception graphique:
Derome design inc.

Révision des textes:
Pierre Phaneuf

Dépôt légal, 2e trimestre 1997
Bibliothèque nationale du Québec

La courte échelle est inscrite au programme de subvention globale du
Conseil des Arts et bénéficie de l'appui de la SODEC.

Données de catalogage avant publication (Canada)

Péan, Stanley

L'appel des loups

(Roman+; R+45)

ISBN 2-89021-290-4

I. Titre.

PS8581.E24A75 1997   jC843'.54   C96-941318-1
PS9581.E24A75 1997
PZ23.P42Ap 1997

À Christiane,
pour des raisons évidentes,
à Paul,
qui l'a bien mérité au fond,
et à Aline...
pour qu'elle revienne!

Chapitre 1

Pourquoi deux loups
se rencontrent?

«La passion est mère de bien des aveugle-
ments, disait souvent Philippe Berger. Parmi
ceux-ci, il n'y en a pas de plus ridicule que
la conviction que l'amour peut durer. Toute
bonne chose a une fin, ajoutait-il, philoso-
phe. Et même si l'amour n'en est pas toujours une, bonne chose, mieux vaut se faire
à l'idée qu'il est destiné à s'éteindre.»

Quel personnage, ce vieux Phil!

Cadet d'une famille outremontaise, il en-
seignait la langue de Shakespeare depuis
plus de vingt-cinq ans. Francophone de naissance, il s'exprimait la plupart du temps en
anglais, même en dehors des salles de classe.

Par chauvinisme, il cultivait en plus un certain nombre de tics de métropolitain: il préférait la *Gazette* aux journaux saguenéens et prenait plaisir à se moquer de la rareté des manifestations culturelles d'envergure dans notre région excentrée.

Avec son accent d'Oxford, sa barbe blanche et ses manières raffinées, il avait des allures de lord *british* en exil! J'étais son étudiant depuis deux trimestres. Très vite, notre relation avait débordé du cadre scolaire. Plus qu'un prof, Phil était mon ami, mon confident, mon mentor. Il incarnait à mes yeux le père que je n'avais pas connu, davantage en tout cas que les chefs des familles d'accueil où j'avais passé mon enfance.

Je lui devais mes plus belles aventures intellectuelles. Phil avait toujours un bouquin, une exposition, un disque à me faire découvrir. Sans lui, un tas d'auteurs, de peintres, de musiciens me seraient demeurés inconnus.

C'est lui qui m'avait donné le surnom que j'empruntais sur scène, Django, en hommage au virtuose tzigane de la guitare, Django Reinhardt, qu'il vénérait.

On se voyait deux, trois fois par semaine, devant un thé ou un café. Je lui soumettais mes chansons. Fin connaisseur d'opéra et de musique classique, il écoutait avec indulgence les mièvres rimettes qui me valaient le respect des habitués de l'Underground, seule boîte de la région.

Sévère mais juste, Phil me concédait un don de mélodiste et des aptitudes pour le chant et la guitare, mais il déplorait que mes textes ne soient pas à la hauteur de mes capacités.

— Il faut fuir la facilité, *young man*, sans sombrer dans la préciosité. Essaie d'explorer d'autres sujets…

— Des sujets aussi passionnants que l'écologie ou la lutte contre le nucléaire, je suppose? ironisais-je, me moquant des chevaux de bataille usuels de sa génération de révolutionnaires, aujourd'hui rangés.

Je blaguais. Loin de me décourager, ses critiques me stimulaient, m'incitaient à *sortir de moi*. Phil me reprochait mes thématiques fleur bleue. C'était un sacré cynique. Il le savait et affichait ce trait de caractère avec fierté.

Je n'ai jamais su ce qui l'avait rendu si amer à propos des affaires de cœur. Des indices semés au fil des conversations m'avaient permis de reconstituer en partie le portrait d'un mariage raté. Il manquait des pièces au puzzle, mais je me disais que les confidences viendraient en temps et lieu, quand il en aurait envie.

Lorsque je repense à mon histoire avec Valérie, j'en conclus qu'il n'avait pas tort, le vieux sage.

Je veux dire: en ce qui concerne la fugacité de l'amour.

Entre Val et moi, ça n'avait pourtant pas été le coup de foudre. Loin de là…

Nous avions suivi quelques cours d'intérêt général ensemble, sans jamais échanger un mot. Je la connaissais de réputation. On la disait «facile». On la traitait d'«intrigante», d'«aventurière», de «Marie-couche-toi-là». Les commères parlaient même d'une liaison avec un prof.

Cette renommée douteuse lui valait l'intérêt de bien des gars et l'animosité d'autant de filles. Je ne comprenais pas cette tendance de mes compagnons à utiliser deux poids deux mesures en matière de vie sexuelle. D'une part, on enviait les Casanovas qui accumulaient conquête sur conquête; d'autre part, on méprisait les vamps qui faisaient de même.

Quoi qu'il en soit, je ne m'étais jamais

soucié de la véracité des racontars sur Valérie. D'abord, elle ne me plaisait pas. Son teint clair lui donnait des airs de morte. Ses traits n'avaient pas la finesse de ceux des reines de beauté. Sa silhouette était dénuée de ces courbes pleines qui plaisent d'habitude aux gars. Et puis, sa voix rauque, son accent affecté et son rire exubérant me tapaient sur les nerfs!

Pour tout dire, je m'expliquais mal son succès auprès de la gent masculine. Des goûts et des couleurs… me disais-je. J'avoue cependant qu'elle m'a intrigué dès notre première rencontre officielle. À titre de chroniqueuse culturelle, Valérie était chargée de m'interviewer pour le journal étudiant. Ma chanson *Pour te retrouver* avait remporté la Guitare d'or au concours de l'Underground.

Pour simplifier les choses, je lui avais donné rendez-vous chez moi.

J'habitais en pension chez les Lemelin, une famille très sympathique dont l'aîné, Étienne, était un bon ami. J'occupais l'une des deux chambres qu'ils louaient à des étudiants. L'autre étant libre pour le trimestre, j'avais le sous-sol à mon entière disposition.

La mère Lemelin me considérait comme un fils. Elle insistait d'ailleurs pour que je l'appelle Janine. Chez elle, j'étais non seulement logé, nourri, blanchi, mais il n'en manquait pas beaucoup pour qu'elle me borde le soir!

Ce samedi-là, j'ai donc reçu dans mon antre la vamp numéro un du collège. En entendant la sonnette, j'ai tressailli. Pourquoi me sentais-je aussi fébrile qu'au moment de monter sur scène?

Hôtesse exemplaire, Janine Lemelin a débarrassé Valérie de son manteau puis l'a escortée jusqu'au sous-sol. Ma logeuse était très étonnée de l'ordre qui régnait dans ma tanière.

— Dommage que tu n'invites pas de filles plus souvent, a-t-elle plaisanté. Ça ressemblerait moins à un souk, ici-dedans!

J'avais passé la matinée à faire le ménage. Django Potel, le jeune loup de la chanson, ne pouvait tout de même pas accueillir une représentante de la presse dans son bordel coutumier. Il en allait peut-être de la suite de sa carrière!

Janine nous ayant laissés, Valérie et moi sommes restés quelques instants figés et muets. Janine avait raison sur un point: depuis ma dernière peine d'amour, je me tenais loin des membres du sexe opposé. Autant j'étais dans mon élément sous les projecteurs, autant la compagnie d'une fille m'enlevait mes moyens. Un poisson hors de l'eau, rien de moins!

Valérie portait un chandail en laine turquoise, dont l'échancrure laissait entrevoir la naissance d'une poitrine plus généreuse que je ne l'avais cru, et des jeans très serrés. Elle avait arrangé ses cheveux blonds d'une nouvelle manière. Tout ça lui allait à ravir.

Nos regards se sont croisés. J'ai éprouvé un léger vertige en plongeant dans le bleu irréel de ses iris. J'ai réprimé un frisson. Je commençais à comprendre l'attirance qu'elle exerçait sur bien des gars.

Valérie a baissé les yeux, et l'embarras a coloré ses pommettes pâles d'une touche de grenat. J'ai toussoté pour dissiper la gêne. Mais c'est Val qui a rompu l'envoûtement.

— Alors? On se jette à l'eau? a-t-elle lancé, goguenarde.

Sur la chaîne stéréo tournait une chanson de mon idole, Jacques Brel, *Le prochain amour*:

Je sais, je sais sans savoir ton prénom
Que je serai ta prochaine capture
Je sais déjà que c'est par leur murmure

Que les étangs mettent les fleuves en prison

Tout à fait de circonstance, mais j'ignorais à quel point… Comme elle comptait enregistrer notre entretien, j'ai fait taire Grand Jacques. Je me suis assis sur la causeuse, à une distance respectable de Valérie.

— Mon doux! Aurais-tu peur de te faire dévorer par la Grande et Méchante Louve à ce point-là?

Son rire me semblait moins désagréable qu'en classe. J'ai bafouillé une ineptie puis je me suis glissé plus près. Son odeur citronnée m'enivrait.

Val a mis en marche son magnétophone. Elle a débuté par une question sur Brel. J'ai répondu avec une vivacité qui me surprenait moi-même. On aurait dit que le micro m'aidait à conjurer mon trouble. Je parlais et parlais, m'arrêtant juste pour reprendre mon souffle, lui laissant à peine le temps de finir ses phrases.

Je racontais la genèse de mes chansons, ma jeunesse, mes projets d'avenir. J'énumérais mes influences: Jacques Brel, bien sûr, mais aussi Léo Ferré, Barbara, Boris Vian, Jean-Pierre Ferland, Anne Sylvestre, Daniel

Bélanger chez les francophones. Du côté anglophone: Bob Dylan, Joni Mitchell, Prince, Sting, Tori Amos, entre autres.

En fait, je disais n'importe quoi pour oublier la proximité de ce corps qui m'électrisait des pieds à la tête. Le magnéto s'est arrêté avec un claquement sec. Val et moi avons constaté avec surprise que je divaguais depuis trois quarts d'heure. Je me suis tu, à bout de salive. Tandis qu'elle tournait la cassette, j'en ai profité pour lui offrir à boire.

— Avec la gloire, j'en oublie les bonnes manières. Tu veux un jus, un thé, un café?

— Tu n'aurais pas de la bière?

N'étant pas amateur, j'en achetais rarement. Allez savoir pourquoi, je n'ai pas osé lui refuser. Dans la chambre froide des Lemelin, j'ai emprunté deux bouteilles de bière, en me promettant de les remplacer le lendemain.

Comme je lui tendais un bock coiffé de mousse, elle m'a saisi le bras. Au contact de sa paume, j'ai eu la chair de poule.

— Qu'est-ce que c'est? m'a-t-elle demandé, en pointant le doigt vers le quartier de lune bleuâtre sur mon poignet droit.

— Bah! Juste une tache de naissance. Je l'ai toujours eue.

Valérie a froncé les sourcils.

— J'ai la même sur le sein gauche! Regarde…

Elle a étiré son chandail pour me montrer une tache identique à la mienne, juste au-dessus du bonnet de son soutien-gorge en dentelle noire. J'ai avalé une gorgée de bière de travers, à l'idée qu'elle amorce ici un numéro d'effeuilleuse. Mais le striptease n'est pas allé plus loin. Bien vite, la laine a recouvert sa chair pâle.

— Une coïncidence, je suppose, ai-je conclu.

Mais les coïncidences, apprendrais-je plus tard, ne sont rien d'autre que des présages de catastrophe.

Valérie et moi avons abordé des sujets assez éloignés de ma carrière d'auteur-compositeur-interprète. Nous discutions de tout et de rien. Nous nous apprivoisions. Valérie m'a avoué qu'elle redoutait cette interview autant que je l'appréhendais moi-même. À ce qu'il paraît, je m'étais bâti au fil des mois une solide réputation de «diva» et de «tête enflée».

Quelle blague! Ce que mes détracteurs prenaient pour de l'arrogance n'était au fond qu'une façon de masquer ma timidité. Bof!

On ne peut pas plaire à tout le monde…

En plus de la tache de naissance, Valérie et moi avions un tas de choses en commun: un enthousiasme délirant pour la poésie de Rimbaud, de Verlaine et d'Aragon, la peinture surréaliste, les compositeurs impressionnistes français, la cuisine italienne et la pâtisserie fine.

Plus encore; comme moi, Val n'était pas originaire du Saguenay. Pour le moment, elle habitait en appartement, le temps de terminer ses études en journalisme. Comme moi, elle n'avait pas connu ses véritables parents et avait vécu la ronde des familles d'accueil, souvenirs désagréables qu'elle préférait passer sous silence.

— Tu parles d'un hasard! Peut-être qu'on est frère et sœur. Ça expliquerait les taches…

Je plaisantais. Avec ma gueule de métèque, teint basané, boucles noires, air méditerranéen, il était difficile de prétendre à un lien de parenté avec cette beauté teutonne.

Beauté! Le mot s'était imposé, comme s'il suffisait d'une conversation à bâtons rompus pour me révéler ses charmes.

— Ce serait dommage, en tout cas.

— Pourquoi?

— Parce que si jamais on tombait amoureux l'un de l'autre, on commettrait un inceste!

Proférée avec une candeur de fillette, sa repartie m'a laissé bouche bée. J'ai regardé passer quelques anges, pris une gorgée de bière.

— Hé! je déconnais! a-t-elle lancé, avec un clin d'oeil. Enfin, presque…

Valérie n'a pas pris la peine de remettre le magnétophone en marche. Son article était devenu le cadet de nos soucis. À sa demande, j'ai ouvert deux autres bières. L'alcool me déliait la langue. On aurait pu nous prendre pour deux vieux amis qui se retrouvent après des années.

Nous bavardions en croyant avancer de plus en plus loin dans l'univers de l'autre. Devant nous, les minutes, les heures s'envolaient, telles des outardes à l'automne. Nous sommes arrivés à une plage de silence et j'ai constaté que l'après-midi tirait à sa fin. Je ne voulais pas qu'elle s'en aille. J'aurais aimé la garder toute la soirée, toute la nuit, tout le week-end. Dans l'escalier, oubliant ma gêne, je lui ai proposé de souper avec nous.

— Certain que Janine et les autres seraient ravis de faire ta connaissance! Allez, dis oui! Dis oui! Dis oui!

Valérie avait déjà pris son paletot dans la penderie.

— Désolée, mon loup. J'ai rendez-vous. Une autre fois…

J'allais insister, user de toute ma verve pour la convaincre de rester. Mais avant que j'aie trouvé une formule à laquelle elle ne saurait résister, un klaxon a retenti à l'extérieur.

— Tiens, voilà justement mon *lift*, a-t-elle dit en écartant le rideau de la porte. On se reprendra, d'accord? Salut et merci pour l'entrevue et la bière. Au revoir, madame Lemelin!

Je l'ai observée se hâter vers le coupé noir engagé de biais dans l'entrée des Lemelin. J'ai essayé de distinguer le visage du conducteur. Peine perdue. Le crépuscule se mirait dans le pare-brise opaque. La voiture a fait marche arrière, au moment même où celle des Lemelin arrivait.

— Wow! une Volkswagen Corrado édition Wolfburg, s'est extasié Étienne. Qui c'est ça?

— Valérie, ai-je répondu, comme dans un rêve.

J'ai ressenti un pincement au coeur en voyant l'auto noire s'éloigner dans la nuit tombante. Une impression de perte, mêlée d'un soupçon de jalousie. De toute évidence, le cavalier de Valérie n'était pas n'importe qui… À côté de son carrosse de prince charmant, la berline des Lemelin ressemblait à une boîte à beurre sur quatre roues.

— Qu'est-ce que tu as à rester prostré comme ça? m'a demandé le père Lemelin. On t'a volé ton âme ou quoi?

Étienne et lui revenaient d'un après-midi à tendre des collets à lièvre dans la forêt: une tradition familiale, à laquelle père et fils prenaient un plaisir égal. J'enviais leur complicité.

Je me suis écarté pour qu'ils puissent se dévêtir à leur aise. Mme Lemelin nous conviait à passer à table.

Je n'avais pas faim. J'avais la tête et le coeur ailleurs.

Vraiment, l'amour est un petit oiseau bien curieux, aurait dit Phil. On ne peut jamais prévoir l'endroit où il va se pointer le bec ni s'il a l'intention d'y nicher bien longtemps.

Chapitre 2

Ces voix qui me hantent

Depuis quelque temps, je faisais plusieurs fois par semaine le même cauchemar, à quelques variantes près.

Dans ce rêve, je remontais à bicyclette une rue mal pavée, enserrée entre des maisons hautes et vieilles, tassées les unes contre les autres. Une fois mon vélo enchaîné à un réverbère, je frappais à la porte de l'une d'entre elles avec un heurtoir dont l'anneau de bronze traversait la gueule d'un loup.

Avec une moue hautaine, un valet en queue-de-pie m'ouvrait. Sitôt le seuil franchi, la porte se refermait d'elle-même, avec un grincement semblable au rire du démon.

— Vous devriez huiler les charnières, Alfred, mon vieux, ironisais-je. On a l'impression d'entrer en enfer.

Soit le domestique n'entendait pas à rire, soit il n'entendait pas du tout, car ma boutade lui faisait moins d'effet que de l'eau sur le dos d'un canard. Sans un mot, il m'indiquait d'inscrire mon nom dans un grand cahier noir, relié plein cuir, ouvert sur un lutrin à droite du vestibule.

Je prenais la plume, la plongeais dans l'encrier en forme de loup et signais de ma plus belle écriture sur la page quasi vierge, à peine surpris par la couleur étrange de l'encre: un rouge très vif semblable à du sang.

Chaque fois, je me mettais en tête de consulter les autres pages du registre, bien conscient qu'Alfred, si tel était son nom, m'en empêcherait. Avec fermeté, il me reprenait la plume, bouchait l'encrier, soufflait sur mon autographe et refermait le cahier. Cette formalité accomplie, il m'escortait jusqu'au pied de l'escalier qui «colimaçonnait» vers l'étage où m'attendait le maître.

Sous son regard sévère, je gravissais les marches recouvertes d'un tapis grenat, fasciné par la fresque qui couvrait le mur. Dans un style à mi-chemin entre Goya et Bosch, la toile représentait un paysage brumeux, par-semé de fleurs fantasmagoriques, où des hommes et des femmes nus se lacéraient la poitrine de leurs doigts griffus, révélant les abominations cachées sous leur peau.

— *Over here, my young friend*, disait alors la voix grave de Phil, me parvenant d'une pièce au bout du couloir enténébré.

Longeant un mur où se succédaient d'in-nombrables portes entrouvertes d'où éma-naient des plaintes de suppliciés, j'arrivais à la bibliothèque au fond du corridor.

Debout devant les rayons qui s'élevaient jusqu'à se perdre dans les ombres du pla-fond, Phil ne se retournait pas pour m'ac-cueillir. Je refermais la double porte coulis-sante, espérant assourdir les insupportables lamentations. Peine perdue.

— Mais qu'est-ce qu'on fait à ces gens?

— C'est pour leur bien, ne t'inquiète pas, me répondait Phil. La plénitude passe par une certaine souffrance; en vérité, la chenille qui aspire à la grâce du papillon doit subir la momification en chrysalide.

À ces mots énigmatiques, Phil a tourné vers moi un visage illuminé par une lueur malsaine. Je comprenais du coup qu'il ne s'agissait pas vraiment du Phil que je connaissais mais d'un imposteur. Sur sa peau luisante et par endroits fissurée perlaient des gouttes bleutées et phosphorescentes.

De l'autre côté de la porte, le choeur de gémissements enflait, se faisant plus dense, plus oppressant. Comme s'il s'agissait de musique à ses oreilles, le pseudo-Phil souriait d'aise.

— Presque la pleine lune, disait-il en se penchant sur une énorme malle au milieu de la pièce. Approche, mon garçon.

J'obéissais, marionnette dont il tirait les fils. Le visage bouffi et craquelé, suintant de glaire bleuâtre, n'était plus qu'une caricature de celui de Phil Berger. Par les crevasses, j'apercevais des écailles turquoise lustrées. Ricanant d'un rire dément, il ouvrait les loquets de la malle, d'où filtrait une lumière crue.

— Sortir de soi, raillait-il. Le but ultime de l'existence!

Juste au moment où il relevait le lourd couvercle de la malle en poussant un hurlement de coyote, la pièce était inondée d'un éclat surnaturel. Véritable explosion lumineuse et sonore venue d'outre-monde qui m'aveuglait, m'assourdissait et me hérissait les poils des avant-bras.

Toujours, à cet instant précis du rêve, je m'éveillais en sursaut, trempé de sueur.

Ce jeudi soir-là, quelques minutes avant mon tour de chant à l'Underground, où ils m'avaient rejoint pour prendre un pot, j'ai raconté pour la première fois mon cauchemar à Étienne et à Philippe.

— *Dear God*, on dirait un épisode d'*Au-delà du réel*, a commenté Phil. Voilà qui t'apprendra à t'empiffrer de bouffe-minute à des heures indues.

Selon lui, mon rêve s'inspirait d'une histoire insolite qui défrayait la manchette. À Montréal puis à Québec, la police avait découvert au fond de culs-de-sac les peaux sanguinolentes d'adolescents portés disparus. Apparemment, un sadique les avait écorchés.

Leurs cadavres, car ils étaient sûrement morts après ce traitement, demeuraient cependant introuvables. L'affaire préoccupait d'autant plus les gens de la région qu'un jeune Jeannois, un certain Larry Talbot, avait disparu dix jours plus tôt.

— Tu devrais peut-être en faire une chanson, Potel. Ça te changerait des ritournelles «sentimentalo-cucul», m'a lancé Étienne, pour m'asticoter.

Déjà, les projecteurs se braquaient sur Norbert D'Artigues, debout sur la scène. En son nom et en celui du personnel, l'exubérant proprio de l'Underground a souhaité à tous la bienvenue dans son bar et a annoncé le début du spectacle. Sans plus tarder, j'ai pris ma place sous les feux de la rampe, laissant les quolibets d'Étienne et de Phil derrière moi.

Ex-producteur de disques folkloriques recyclé dans la restauration, D'Artigues avait ouvert cet établissement sous sa brochetterie de la rue principale, faisant fi des oiseaux de mauvais augure qui lui prédisaient une faillite prompte.

Vingt ans plus tard, l'Underground était la seule boîte de nuit ayant survécu à la belle époque des chansonniers. Tout autour, discothèques, bars rencontre et brasseries avaient proliféré comme du pissenlit, selon Phil, et polluaient l'air du centre-ville de leur tapage jusqu'à très tard dans la nuit.

La clientèle était constituée en grande partie de nostalgiques des années *peace & love*, mais aussi de quelques collégiens qui refusaient de se faire casser les oreilles par du rock ou du *techno-dance*.

La boîte justifiait son nom par un décor de grotte préhistorique. Des dessins naïfs évoquant des scènes de chasse au mammouth ou au tigre à dents de sabre ornaient les cloisons. Issues du plafond et du plancher, de fausses stalactites et stalagmites ajoutaient à cette ambiance «Pierrafeu». De méchantes langues trouvaient à Norbert D'Artigues des airs de famille avec Fred Caillou!

Lauréat du premier prix au concours organisé par l'Underground, je m'y produisais tous les jeudis et vendredis du mois de septembre. Pour la troisième semaine, je jouais devant des visages familiers: Phil, Étienne et d'autres amis du collège. Juché sur un tabouret, je grattais ma guitare en entonnant du blues, de la bossa-nova, des chansons françaises ou québécoises, des compos à moi aussi. Pendant deux fois cinquante minutes, je chantais à m'en râper les cordes vocales.

Les secondes qu'il fallait pour m'accorder, ajuster mon micro, décider de ma posture duraient une éternité. Le trac faisait grimper mon taux d'adrénaline, le trac et cette peur d'être hué, chassé de la scène ou, pis, ignoré.

Dès que j'égrenais les accords d'intro de

la première pièce, les conversations se fondaient en un chuchotis quasi inaudible. La plupart des clients fréquentaient l'endroit pour noyer leurs tracas dans la bière. Mais les rares qui venaient m'y entendre savaient par leur exemple imposer aux autres un minimum de silence. Je n'étais pas Céline Dion, mais j'attirais tout de même un petit public, fidèle et attentif.

Avec ou sans succès, j'adorais chanter. En français, en anglais, parfois dans un portugais approximatif, peu importait. Je choisissais des mélodies qui me plaisaient et tentais de partager mes goûts avec les auditeurs. Je n'écrivais toutefois que dans la langue de Molière, par principe et aussi parce que c'était la seule que je maîtrisais un tant soit peu.

Lorsque je chantais, j'avais l'impression de m'évader du carcan de mon corps, de devenir autre, différent. Comme si je m'abandonnais à des esprits venus d'ailleurs.

Au fil des mois, cette transfiguration m'était devenue à ce point indispensable que je m'imaginais mal remiser ma guitare et renoncer à la chanson en faveur d'une «vraie» carrière, qui me garantirait la sécurité financière. Longtemps avant de gagner la Guitare d'or, j'avais décidé que je serais auteur-compositeur-interprète. Et tant pis si je devais me contenter de cretons à chaque repas durant des années!

Ce jeudi-là, la nervosité a persisté tout au long de mon tour de chant. Et pour cause! Au bar, devant une grosse bouteille de bière artisanale, se trouvait nulle autre que Valérie!

La surprise m'a fait rater un accord. Par chance, il n'y avait que Phil, avec son oreille impitoyable, pour s'en apercevoir. Pendant le reste de mon numéro, je me suis efforcé de faire abstraction de Val. Mais le moindre coup d'oeil dans sa direction suffisait à rendre ma voix chevrotante, mon doigté mal assuré.

Que m'arrivait-il? Ce n'était pas mon habitude de perdre les pédales pour une fille que je connaissais à peine et dont j'avais toutes les raisons de me méfier. Depuis l'entrevue, Valérie n'avait pas quitté mes pensées plus d'une heure…

Mon spectacle terminé, après les rituelles poignées de main avec les nouveaux convertis, je suis retourné à la table de Phil et d'Étienne. Très vite, Valérie s'est jointe à nous. J'ai fait de bien inutiles présentations.

Valérie et Étienne étaient des personnalités en vue au collège, elle en tant que reporter, lui comme quart-arrière de l'équipe de football.

Quant à Philippe, à titre de directeur du département d'anglais, il voyait pas mal de monde défiler dans son bureau à chaque début de trimestre. Courtois, il s'est donné la peine de passer au français pour féliciter Valérie de son entrevue avec moi, qu'il avait jugée bien écrite et pas complaisante pour un sou.

Val ne pouvait s'imaginer combien un tel compliment, si réservé semblait-il, trahissait un enthousiasme sincère de la part du Pr Berger. J'en aurais crevé de jalousie… si ledit papier n'avait pas porté sur moi!

Modestie oblige, je me suis ingénié à changer de sujet. Bientôt, comme d'autres amis ajoutaient leurs chaises autour de notre table, la conversation a dérivé vers de nouvelles eaux.

À un moment donné, Val a porté la main à sa bouche pour étouffer un bâillement.

— Fatiguée?

— Je vais rentrer. J'ai un cours demain matin.

Éperonné par le coude d'Étienne, je me

suis porté volontaire pour la raccompagner chez elle. L'offre a rallumé cet éclat particulier dans ses prunelles. Sous les regards amusés de mes compagnons, elle et moi avons quitté l'Underground.

Dehors, j'ai fait mine de prendre la direction de son domicile, mais elle m'a retenu par le bras.

— Je croyais que tu voulais aller te coucher…

— Non, j'en avais juste marre de ce bar de paumés. Je voulais passer un peu de temps seule avec toi…

Val et moi avons erré dans le parc qui longeait la rivière. Dans la nuit pourpre, le cours d'eau ressemblait à une entaille d'où le sang s'écoulait lentement, si lentement. Sous la lune presque pleine, le silence était à peine ébranlé par le clapotis des flots. Nous parlions peu: la communication se passait de mots.

Nous nous sommes assis sur un banc. J'ai tout de suite songé à la chanson de Georges Brassens à propos des «amoureux qui s'bécotent sur les bancs publics». Valérie s'est approchée de moi. Sa main cherchait la mienne. Gêné, je l'ai laissée faire. Nos doigts se sont entrecroisés, elle serrait très fort.

Amusée par mon malaise, elle a émis un tout petit rire.

— J'étais sincère dans mon papier: j'aime tes chansons, Django. Quand je t'écoute, j'ai l'impression de sortir de moi.

J'ai sursauté, comme sous l'effet d'un choc électrique.

— Tu as utilisé la même expression que Phil dans mon rêve…

— Curieux; moi aussi, je l'ai entendue en rêve!

— Tu plaisantes?

Elle ne plaisantait pas, elle me le jurait. Et plus étonnant encore: elle m'a raconté en confidence ce rêve qu'elle disait récurrent et qui correspondait, à quelques menus détails près, au mien.

— Ça parle au diable: on fait les mêmes rêves!

— On pourrait interpréter ça de bien des façons.

— Ah oui? Et comment?

— Ça pourrait signifier qu'on est des âmes soeurs!

Décidément, elle avait un don pour les répliques-chocs!

Mon embarras devait transparaître plus que je ne le voulais. Elle s'est relevée, prétextant sa hâte de rentrer; elle avait vraiment un cours à la première période le lendemain. J'ai réitéré mon offre de la raccompagner, qu'elle a cette fois déclinée: ce détour rallongerait ma route inutilement. Elle prendrait un taxi.

Je n'ai pas su m'imposer. Après un bécot sur le bout de mon nez, elle est partie. Chamboulé, je me reprochais ma maudite candeur, dont je n'avais jamais soupçonné l'étendue. Je me sentais naïf comme les héros de certaines chansons de Brel. J'anticipais les railleries d'Étienne, ce maître ès séduction: bien sûr qu'elle aurait préféré que j'insiste, que je l'escorte jusqu'au pas de sa porte et, qui sait, jusqu'à sa chambre…

J'ai couru vers le boulevard, dans le fol espoir de la rattraper. Sa silhouette n'était nulle part en vue. Qu'elle ait trouvé un taxi aussi facilement à pareille heure semblait improbable, mais je préférais cette hypothèse à l'autre qui m'est venue à l'esprit en apercevant la Volkswagen noire au bout de la rue.

Simple coïncidence, ai-je songé…

Mais les coïncidences sont des présages de catastrophe.

Chapitre 3

On se croyait
tout seuls au monde

Six jours ont passé sans que je revoie Valérie, qui n'est pas revenue à l'Underground le vendredi, comme je l'espérais. Puisque j'ignorais son numéro de téléphone et ne me décidais pas à le chercher, j'ai fait mon deuil de sa présence.

Tant pis! J'avais une vie à mener: des cours où m'ennuyer, des travaux à rédiger, des examens à passer, des amis avec qui rigoler, des chansons à écrire, des heures de répétition à la guitare et des cauchemars à rêver…

Malgré mon horaire chargé, le souvenir de la nuit du jeudi me poursuivait.

Amoureux, moi?

Je refusais l'évidence. Mais qui essayais-je de leurrer?

***

Le mercredi suivant, le conseil étudiant avait dressé un chapiteau aux couleurs de la brasserie qui commanditait la fête «Pleine Lune», dans le stationnement du collège. Étienne comptait parmi les organisateurs de cette mégaboum automnale et, comme de raison, il m'y avait traîné.

Pour l'occasion, on avait retenu les services des Dirty Rotten Scoundrels, un groupe rock alternatif local qui faisait un malheur. Leur répertoire était constitué de reprises, toutes basées sur les mêmes trois accords.

L'intérieur de la gigantesque tente baignait dans la pénombre. Pour faire échec à cette ambiance romantique, le chanteur des Scoundrels, un émule de Jim Morrison, s'égosillait dans son micro. Les haut-parleurs régurgitaient le son de sa voix et les hurlements des guitares suffisamment amplifiés pour me percer les tympans. Tandis que le groupe enchaînait succès après succès, l'aire qui servait de piste de danse grouillait de monde.

— Génial, non? Ça te plaît?

J'ai fait la grimace. Étienne le sait bien: le rock et moi ne faisons pas bon ménage.

— Rabat-joie! a-t-il dit en me donnant un coup de poing sur l'épaule. Il n'y a pas que Brel et Ferré dans la vie!

Malgré mes réserves, nous nous sommes mêlés à la foule. Sous le chapiteau, tout le monde s'éclatait au son de la musique. La bière coulait à flots. Éclats de rire et exclamations fusaient de toutes parts. Une vraie foire!

Ballotté par un véritable raz-de-marée humain, je me suis retrouvé aux abords de la piste de danse. J'avais perdu Étienne de vue. C'était le moindre de mes soucis. À cet instant précis, mon regard venait de croiser les yeux océan de Valérie, stupéfiante dans une robe de velours bourgogne, moulante comme une seconde peau.

C'était fou l'effet qu'elle me faisait! J'en oubliais de respirer. Esquissant son sourire de vamp, elle a écarté le type avec qui elle dansait et m'a invité du bout du doigt à la rejoindre. Je n'ai pas hésité. Je me suis frayé un chemin vers elle.

L'excitation de la foule, la moiteur de la

nuit, les effluves d'alcool, la musique tonitruante et Valérie, tout ça me montait à la
tête. Je n'étais pas un grand danseur, mais je
me suis abandonné au tempo. J'aurais voulu
parler à Val mais, sous le déluge de décibels,
c'était peine perdue. Je me suis contenté de
me déhancher en face d'elle, en faisant de
mon visage le miroir de son sourire.

Elle ondulait de tout son corps devant
moi, sans que nous nous touchions. Soudain,
elle a refermé les mains sur mes hanches.
Tout en respectant le rythme de la pièce, elle
s'est collée à moi. Nos dents se sont entre-
choquées, nos lèvres et nos langues se sont
unies brièvement, trop brièvement. Ma res-
piration se confondait à la sienne. Je sentais
naître dans mon bas-ventre un spasme brutal
et délicieux, que je ne pouvais maîtriser.

Mes pensées s'embrouillaient. Valérie
s'apercevait-elle de mon trouble? J'espérais
que non. Sous le chapiteau, nous étions plus
de deux mille, et je ne voyais qu'elle!

Au bout d'un interminable solo de batterie
qui me résonnait à l'intérieur de la cage tho-
racique, le chanteur a attaqué la coda de la
chanson, soutenu par les guitares déchaî-
nées. La foule en délire a salué cette con-
clusion par un tonnerre d'applaudissements,

de sifflements et de vivats.

Après la clameur, la voix d'Étienne a retenti dans les haut-parleurs. J'étais tellement obnubilé par Valérie qu'il m'a fallu quelques instants pour déchiffrer ses propos. Le sacripant venait d'annoncer, en empruntant une formule guindée, qu'un invité-surprise allait se joindre aux Dirty Rotten Scoundrels. En l'occurrence, nul autre que Django Potel!

Porté par les cris d'encouragement, poussé de toutes parts, je n'ai eu d'autre choix que de me hisser sur la scène où m'attendaient Étienne et les musiciens.

— Ben alors quoi, Potel? m'a chuchoté à l'oreille mon copain. Tu chialais contre le groupe; prouve-nous que tu peux faire mieux…

On ne le surnommait pas «Le Malin» pour rien! Il n'y avait que lui pour me plonger de la sorte dans l'eau bouillante. Je lui ai montré le poing. Tant pis, ce n'était pas le moment de me dégonfler. Pas en présence de la belle Valérie.

Le chanteur m'a cédé sa guitare, avec un sourire en coin. Le temps de m'entendre avec ses collègues sur une pièce connue d'eux et de moi, et c'était parti! J'avais opté pour *Born to Be Wild*, un classique de

Steppenwolf, le groupe fétiche d'Étienne, histoire de lui en mettre plein la gueule et de lui montrer une fois pour toutes que, côté culture rock, je n'étais pas en reste.

Après un premier couplet plus déclamé que chanté, je me suis laissé aller à pleine gorge, tel un possédé. À la fois surpris et enthousiasmés par ma verve, les membres de la section rythmique ont renchéri. Fouetté en retour par la fougue du batteur, j'en ai remis moi aussi, arrachant à la guitare des sonorités stridentes dignes de Jimi Hendrix.

Phil aurait sûrement estimé que, question subtilité, on pourrait repasser… Mais sur le plan de l'efficacité, ma prestation n'avait rien à envier à celle du chanteur attitré des Scoundrels. Impressionné, celui-ci m'a donné l'accolade dès que j'eus posé sa guitare sur le support. Il m'a même invité à revenir plus tard en «pousser une autre», si le coeur m'en disait.

Pour l'instant, j'avais surtout soif. J'ai repéré Étienne, accoudé à une table haute, qui contait fleurette à Valérie. Ah! le chien! Il ne m'avait pas prêté la moindre attention. Son stratagème n'avait d'autre but que de m'éloigner de Val.

À peine me suis-je approché d'eux qu'elle

m'a tendu une bière, heureuse que mon arrivée interrompe le baratin d'Étienne. J'ai englouti la moitié de la bouteille, en m'efforçant de ne pas grimacer. Par pur esprit de compétition, Étienne a relancé Valérie, lui laissant entendre carrément qu'il aimerait finir la soirée avec elle, dans un endroit plus tranquille…

Elle ne le regardait même plus. Appuyée sur la table, elle s'est penchée vers moi et a tracé du bout de l'index un V qui partait de mon oreille gauche vers ma droite en passant sous ma pomme d'Adam. Le contact de son ongle a déchaîné un orage sous mon épiderme.

— Désolée, mon beau, mais c'est ton copain ici qui m'intéresse…

J'ai failli recracher ma bière. Quel coup dur pour l'athlète et séducteur numéro un du collège! J'étais cependant trop estomaqué pour m'en réjouir. Sans doute aurais-je dû prendre mes jambes à mon cou.

Je ne l'ai pas fait.

Quelques bières et quelques danses lascives plus tard, j'ai quitté la fête «Pleine Lune» en agréable compagnie…

***

Valérie habitait un quartier chic de la ville, à une demi-heure du collège. Nous sommes entrés sur la pointe des pieds, pour ne pas réveiller les voisins. Elle a réglé la lampe halogène de manière à maintenir son appartement dans un clair-obscur adéquat.

Comment arrivait-elle à se payer le luxe d'un tel studio avec le maigre soutien financier qu'octroyait le ministère de l'Éducation? En cumulant divers jobs, des piges en rédaction et en correction linguistique, m'a-t-elle expliqué, empruntant le ton de celle qui n'avait pas le goût de s'étendre sur le sujet.

Ouvrant son frigo, elle m'a offert une bière. J'ai refusé poliment; j'avais déjà bu plus que mon quota. Elle a décapsulé une bouteille, une dernière pour «se racheter», qu'elle disait.

Je me suis effondré sur le futon déployé au pied de la porte-fenêtre, dont les stores étaient tirés. Grisé par l'alcool, je me sentais anxieux. J'avais l'impression de me balancer au-dessus d'un précipice sans fond au bout d'une liane prête à se rompre. On aurait dit que c'était la première fois que je me retrouvais seul avec une fille!

— Ton preux chevalier en Volkswagen noire n'était pas disponible ce soir? ai-je échappé, sans réfléchir.

— Tiens, tiens, est-ce que je me trompe ou j'entends un accent de jalousie dans la voix de crooner de Django Potel?

Le ton ironique trahissait son plaisir à l'idée que je me montre un peu jaloux. Je me suis mordu la langue, agacé par ma gaucherie. Décidément, ma connaissance du protocole de la séduction laissait à désirer. Peut-être m'aurait-il fallu quémander des leçons à Étienne…

— Tu n'as pas à t'inquiéter, Django. Roger est un ami.

— Je ne m'inquiétais pas. Et puis, on ne se doit rien…

Tout pour avoir l'air décontracté! Mais Valérie n'était pas dupe.

Elle a mis une cassette: *Sister Moon* par Sting. La sérénité distillée par ce blues m'a graduellement envahi. Apaisé, j'ai commencé à fredonner.

Après un bâillement, Val a posé sa bouteille près du futon puis s'est étendue à mes côtés. Elle a relevé les jambes et les a appuyées contre le mur.

— Tu crois que je ne sais pas ce qu'on raconte dans mon dos, Django? Que je suis une garce qui couchaille à droite et à gauche, une salope. Des commérages de bigotes!

Mal à l'aise, je n'ai pas osé répondre.

— Tu connais la chanson *Je suis comme je suis* de Juliette Gréco?

Bien sûr! En pensée, j'entendais la muse des existentialistes décliner de sa voix rauque, similaire à celle de Valérie, à vrai dire, ce réquisitoire en faveur du libertinage:

J'aime celui qui m'aime
Est-ce ma faute à moi
Si ce n'est pas le même
Que j'aime chaque fois

Était-ce une mise en garde, un avertissement de ne pas m'attacher à elle? Si oui, il était déjà trop tard.

Paupières fermées, visage détendu au coeur d'une corolle de boucles blondes, elle avait des airs d'ange! J'ai essayé d'avaler un peu de salive, en vain. J'avais la gorge sèche et les tripes en noeud de couleuvres.

— Embrasse-moi, a-t-elle murmuré.

Elle avait parlé si bas que j'ai cru avoir imaginé sa requête. Elle l'a réitérée, plus fermement. Je ne me suis pas fait prier. Fermant les yeux, je me suis approché et j'ai posé mes lèvres sur les siennes, entrouvertes.

Nos langues se sont reconnues comme des jumelles séparées à la naissance. Malgré les relents de bière, son haleine gardait une fraîcheur piquante, un goût de printemps.

Tout doux au début, le baiser a gagné en intensité, au point de me galvaniser les membres. Nous nous dévorions la bouche, le visage, la gorge, le haut de la poitrine.

Soudain, j'ai éprouvé un sentiment d'inconfort similaire à celui que m'inspiraient mes cauchemars. Allons, ce n'était vraiment pas le moment de rêver!

Mal à l'aise, j'ai rouvert les paupières, le temps de rencontrer le regard de Val, qui brillait d'une sorte de… faim?

Je dérivais, emporté par mon propre désir. J'ai glissé ma main sous sa tête un peu au-dessus de sa nuque, empoignant ses cheveux à la racine. Nous avons roulé sur le futon en riant et en multipliant des baisers de plus en plus fiévreux.

Presque sans nous en rendre compte, nous nous sommes défaits de nos vêtements, tels des serpents à la mue.

Quant au déroulement du reste de notre nuit, il ne concerne que Valérie et moi…

Chapitre 4

Et on faisait l'amour,
et on faisait la guerre

Depuis la fête «Pleine Lune», Valérie et moi ne nous quittions pas d'une semelle. Je négligeais mes amis, ma musique, mes cours et mes diverses obligations afin de passer le plus de temps possible avec elle.

En sa compagnie, les heures filaient sans crier gare. Lecture de bédés de superhéros, randonnées à vélo, pique-niques, visites dans les galeries d'art, les boutiques de porcelaine ou les friperies, chez les disquaires ou les maisons de presse, lèche-vitrines, nos après-midi s'envolaient comme par magie.

Ces moments pleins de tendresse se déroulaient au sein d'un nuage de brume sucrée comme de la barbe à papa, ne laissant qu'un souvenir évanescent. Loin d'elle, je m'impatientais à compter les secondes. Et nos retrouvailles prenaient toujours des airs de noces.

Ni Valérie ni moi n'étions puceaux, mais elle était davantage rompue aux jeux de la sensualité que moi. Rien à voir avec ces étreintes à la sauvette qui avaient hélas constitué jusqu'alors l'essentiel de mes expériences!

Avec Val, je découvrais le plaisir d'explorer le moindre centimètre carré du corps de l'autre. Nous nous endormions à l'aube, exténués par les excès d'alcool et d'amour, et midi nous trouvait enlacés au milieu des draps.

Comme il faisait bon dormir auprès de ma blonde! Délivré de mon cauchemar récurrent, je dormais paisiblement. À croire que la proximité de ma dulcinée avait exorcisé mes démons.

Réciproquement, Valérie prétendait que ses rêves étaient moins agités lorsqu'elle s'assoupissait au creux de mes bras. Comme je m'éveillais avant elle le plus souvent, je me plaisais à la regarder dormir. J'en profitais pour flatter sa chevelure, caresser son dos lisse et délicat. Telle une chatte, elle ronronnait dans son sommeil. Une véritable symphonie à mes oreilles, que j'aurais écoutée pendant des heures!

Au fil des jours, je me délectais de la langueur des matinées qui s'étirent de café au lit en café au lit. Je n'avais jamais rien vécu de semblable. Val et moi buvions, mangions, respirions au même rythme, complices à un point tel que l'un de nous pouvait aisément achever une phrase amorcée par l'autre.

Elle devenait pour moi aussi indispensable qu'une drogue, et j'avais peine à m'imaginer ailleurs qu'à ses côtés.

Bref, nous filions le parfait bonheur… ou presque!

Certains de mes proches voyaient d'un mauvais oeil cet attachement, en particulier les Lemelin. Mère couveuse, Janine n'appréciait pas que je découche presque tous les soirs, préférant l'intimité du studio de Val au sous-sol de sa maison.

De son côté, Étienne me mettait en garde contre les mirages de la passion et me rappelait les précautions qui s'imposaient, c'est-à-dire les condoms, étant donné la réputation de ma blonde. L'envie, me répétais-je pour m'en convaincre, lui dictait ces propos.

Après tout, Valérie l'avait rabroué, affront impardonnable pour ce tombeur impénitent!

Pourtant, sans qu'il s'en rende compte, peut-être, Étienne avait par ses commentaires semé en moi un doute que Valérie cultivait avec désinvolture. Or, rien de pire que la méfiance quand elle s'installe comme un ver dans un fruit.

Car la lune de miel avait vite pris fin… Comme quoi la formule d'Aragon se vérifiait: il n'y a pas d'amour heureux!

Autant j'adorais Val à m'en confesser, autant je détestais sa manière de s'esquiver dès qu'il était question de la Volkswagen noire, qui rôdait toujours dans les parages.

Lorsque je l'interrogeais, Valérie demeurait vague. Ou pis, elle se refermait sur elle-même, pareille à une huître. J'avais quand même fini par lui soutirer des informations au sujet de l'énigmatique Roger. Son nom (Lupin, comme le gentleman-cambrioleur des romans de Maurice Leblanc!), sa profession (avocat) et des détails imprécis à propos d'ateliers de développement individuel qu'il animait et auxquels elle était inscrite.

Ces séances de méditation collective ne me disaient rien qui vaille. Quand elle en parlait, elle adoptait un langage ésotérique qui m'écorchait les oreilles. À l'en croire, ces ateliers la révélaient à elle-même et l'aidaient à atteindre un plan supérieur de l'existence. Valérie avait beau m'assurer que Roger Lupin et son groupe n'avaient rien à voir avec les sectes que l'on décriait dans les médias, je demeurais méfiant.

Mais de quel droit aurais-je pu contester ses convictions spirituelles? Mon expérience des relations amoureuses n'était pas très grande; Valérie n'était que ma troisième *vraie* blonde. Pas du genre à espérer tout connaître de ma partenaire dès les premiers jours, je savais respecter son jardin secret.

Mais il y avait chez Val une part obscure qui m'intriguait…

— Développement individuel, c'est quoi ça? Un synonyme de striptease? Sois pas naïf, Potel! Si tu veux mon avis, Lupin, c'est son papa gâteau, avait opiné Étienne. Il doit lui payer l'appart, les études et (qui sait?) de la dope en échange de faveurs sexuelles!

Contrarié par les condamnations d'Étienne et les cachotteries de Val, j'ai cherché conseil auprès de Philippe. En préparant du thé Earl Grey, le vieux sage a écouté mes confidences, sans émettre de commentaires dans un sens ou l'autre. Après nous avoir versé chacun une tasse de l'infusion, il m'a fixé en se grattant la barbe.

— *My dear chap*, je ne sais quelle réponse tu espères au juste, avait-il dit au bout d'un long silence. À ton âge, personne ne devrait plus choisir ta route à ta place…

Quelle bouillie pour les chats! Phil, qui m'avait toujours éclairé de ses lumières, me servait maintenant de la philosophie à la gomme! Tant qu'à y être, j'aurais dû consulter le Ben Kenobi de *La guerre des étoiles*: «La Force, Luc, fais confiance à la Force!» Tant qu'à y être, j'aurais dû m'inscrire moi aussi à des ateliers de «développement individuel»!

Ouais, ça m'aurait fait une belle jambe.

Tasse de thé à peine entamée, je suis ressorti du bureau de mon prof, plus frustré et confus qu'à mon arrivée.

J'ai téléphoné à Valérie. Le service de réponse automatique a pris mon appel. J'ai raccroché sans laisser de message.

Était-elle absente ou avait-elle décidé de ne pas répondre, devinant que c'était moi? Dans un cas comme dans l'autre, était-elle seule ou avec Roger Lupin? Et si j'allais m'en assurer?

Le reste de l'après-midi, j'ai tourné en

rond au centre-ville jusqu'à ce que la bru-
nante me somme de rentrer chez moi.

— Tiens, voilà un revenant! s'est excla-
mé à mon arrivée M. Lemelin, qui aidait sa
femme à préparer le repas.

— On ne peut pas dire qu'on te voit souvent ici, Django, a renchéri Janine Lemelin.
J'en étais quasiment rendue à me demander
si je ne devais pas annoncer qu'on n'a pas
une mais deux chambres à louer…

Sans un mot, j'ai filé droit vers ma chambre. Je n'y avais pas mis les pieds depuis
à peine quelques jours, mais j'avais l'impression que ça faisait des siècles. Je me suis
abattu, face contre mon oreiller, cédant à une
grosse fatigue. Pendant un instant, j'ai jon-
glé avec l'idée de m'ouvrir une bière froide,
réflexe acquis à force de côtoyer Val.

Je me suis ravisé: l'alcool ferait un piètre
baume sur mes plaies.

Je ne me reconnaissais plus. Moi d'or-
dinaire si autonome, j'en étais rendu à me
morfondre comme une âme en peine dès que
ma blonde s'absentait, à m'imaginer les
pires scénarios. J'avais la gorge nouée. Je
sentais les larmes affluer.

Allons, Django, un peu de nerf! me répétais-je. C'est quand même pas ton genre de

jouer les fiancés jaloux!

Peut-être que Valérie et moi étions allés trop vite. Nous nous fréquentions depuis moins d'une quinzaine et, déjà, j'étais devenu complètement dépendant d'elle, prêt à accourir dès qu'elle sifflait, esclave du moindre de ses caprices.

Peut-être qu'un brin de recul ne me ferait pas de tort, me disais-je, histoire de voir plus clair dans mes sentiments.

J'en étais là dans mes réflexions lorsque Étienne a glissé sa tête par la porte entrebâillée de ma chambre. Uniforme de footballeur sur le dos, casque en main, il revenait d'une séance d'entraînement en vue du championnat intercollégial.

— Qu'est-ce que tu fais ici? Ta princesse t'a largué?

Pour toute réponse, je lui ai décoché un regard méchant qui lui déconseillait de poursuivre sur la voie du sarcasme.

— Janine veut savoir si tu bouffes avec nous. Ça fait longtemps…

Rien qu'aux inflexions de sa voix, je sentais l'étendue de son affection pour moi. Malgré son image de don Juan, Étienne était un gars sensible. Et justement à cause de son expertise, les tourments de la passion n'avaient pas de secret pour lui. Pour en avoir vécu les hauts et les bas plus souvent qu'à son tour, il connaissait les symptômes du désarroi amoureux et compatissait avec moi.

Je me suis redressé sur mon lit, une fois bien certain d'avoir endigué mes larmes. Soit. Pour les jours à venir, j'allais prendre mes distances vis-à-vis de Valérie, le temps de mettre un peu d'ordre dans mon coeur et ma tête.

Ce soir-là, j'ai soupé avec les Lemelin. J'étais d'autant plus heureux de ma résolution que Janine avait préparé sa fameuse lasagne, pour laquelle j'aurais volontiers vendu mon âme.

Encore aurait-il fallu pour cela qu'elle m'appartienne! Car moins de trois heures après le dessert, j'ai tout laissé en plan pour répondre à l'appel de Valérie, qui m'invitait à la rejoindre. Au diable ma partie d'échecs avec Étienne! J'ai enfourché ma bicyclette et pédalé à vive allure vers le logis de ma belle, tel un chien de Pavlov sollicité par un tintement de cloche.

J'ai déchanté en arrivant dans sa rue: un coupé sport noir sortait du stationnement de son immeuble.

J'ai attendu que la Volks disparaisse au tournant avant de bondir à l'étage. Maîtrisant à peine mon agressivité, j'ai frappé à la porte de Val. Ni son visage radieux ni le bleu effervescent de ses yeux ne parvenaient à tempérer l'ouragan en moi.

Des jets de vapeur devaient me sortir par les oreilles! J'ai arpenté son studio, balayant la pièce d'un regard suspicieux. Pour trouver quoi, au fait? Une preuve de trahison? Si Valérie était à moitié aussi sournoise qu'Étienne l'affirmait, j'allais chercher longtemps!

Adossé au comptoir de la cuisine, j'ai refusé d'un signe de tête la bière qu'elle m'offrait. Elle s'en est décapsulé une, en refermant le frigo d'un coup de genou. Sur son magnétophone jouait un vieux succès de Duran Duran, *Hungry Like the Wolf.*

— Ton atelier de, ahem, développement individuel a duré plus longtemps que prévu aujourd'hui?

— Oui, Roger avait plein de nouveaux concepts à nous expliquer, a-t-elle commencé.

Mais en voyant mon expression, elle s'est tue et a posé sa bouteille sur le comptoir.

— Qu'est-ce que tu as? On dirait un pitbull prêt à mordre.

— Je me demande juste si ton gourou reconduit tous ses adeptes chez eux ou s'il réserve ce privilège à certaines personnes?

Val a soupiré puis a marché vers moi. De ses bras, elle a fait un collier de chair autour de mon cou. Paupières closes, elle a tendu ses lèvres vers les miennes en se haussant sur le bout des orteils. J'ai détourné le visage. Elle a rouvert les yeux.

— Dis donc, tu n'as pas perdu de temps avant de te transformer en amant possessif! Je t'ai dit que tu n'as pas à t'inquiéter à propos de Roger: c'est un ami, un maître à penser, rien de plus…

Elle a frotté le bout de son nez contre le mien.

— Tu n'es quand même pas venu ici pour me faire la baboune! Allez, on enterre la hache de guerre, Djangonimo?

J'ai serré les mâchoires, déterminé à demeurer aussi imperturbable qu'un iceberg. Mais je n'étais qu'un pantin dénué de volonté. Elle m'aurait fait gober n'importe quoi, que Lupin était le petit-neveu de son arrière-cousine! Je voulais la croire. Je l'ai crue, oubliant les mises en garde d'Étienne.

Devant son insistance, j'ai capitulé. Je l'ai laissée m'embrasser. Taquine, elle m'a mordillé la lèvre inférieure. Puis, sa langue a carrément pris possession de ma bouche.

***

Plus tard, dans la pénombre, elle m'a parlé d'aller à Montréal pendant le week-end de la semaine de relâche. L'honorable maître Lupin y avait à faire. Selon Val, il se ferait un plaisir de nous emmener et de nous héberger dans son condo. Et puis, lui et moi pourrions faire plus ample connaissance.

— Nous avons beaucoup discuté de toi.

— En quel honneur?

— Je lui ai, entre autres choses, parlé de nos taches de naissance et des similarités entre les rêves qu'on faisait…

— Et qu'en pense ton guide spirituel?

Valérie n'a pas pris la peine de soulever l'hostilité explicite dans ma voix.

— Roger pense que ça signifie peut-être que toi et moi sommes appelés à voyager ensemble vers un autre plan de réalité cosmique. Il dit que nous pourrions nous aider mutuellement à nous dépasser.

Là, elle me surprenait. À force d'imaginer Lupin comme un rival, je n'aurais pas envisagé qu'il puisse encourager sa «protégée» à poursuivre une liaison avec moi.

— Roger est un type formidable, tu verras, renchérissait Val. Et puis, il connaît un tas de gens dans le milieu du showbiz; ça pourrait t'être utile pour ta carrière.

Encore une fois, elle me prenait au dépourvu. Mon silence s'est étiré sur plusieurs minutes. Val s'est mise en campagne, usant de tout son charme pour me persuader. Quand même, je n'allais pas lever le nez sur cette occasion en or de passer un week-end de rêve en sa compagnie…

Je n'avais aucune raison de refuser. Mon engagement à l'Underground prenait fin vendredi soir. Nous pourrions partir après mon deuxième numéro, voyager de nuit et prendre le petit-déjeuner samedi matin, à Montréal.

Je n'ai pas tergiversé longtemps. Valérie disait vrai: je n'avais rien à perdre.

Du moins, je le croyais…

Chapitre 5

Drôle de pèlerinage

La Volkswagen Corrado était confortable et luxueuse: banquettes de cuir, téléphone cellulaire, lecteur de disques compacts. Pour la première moitié du voyage, j'occupais la place du passager avant, à cause de mes longues jambes. Du coup, j'avais hérité du rôle de D.J., ce qui ne me déplaisait pas. Dans l'étui à CD, Bach, Mahler et autres compositeurs de musique classique côtoyaient des grands noms du rock progressif, du blues et de la chanson française.

J'avais d'abord opté pour Jacques Dutronc; après quelques plages, j'ai changé pour une compilation de Ray Charles.

— *You can't lose with the blues!* a approuvé Lupin. *Let's hit the road, Jack*, comme dit Brother Ray!

Malgré cette bonhomie qu'il avait déployée toute la soirée, je ne savais pas quoi penser de Me Roger Lupin. Arrivé à l'Underground durant l'entracte, il m'avait serré la main chaleureusement.

Assis aux côtés de Val, de Norbert, d'Étienne et de cette rouquine qui lui tournait autour, Lupin avait applaudi ma prestation avec une ferveur trop appuyée pour être sincère. La jalousie affectait-elle mon jugement? Non, un coup d'oeil vers Étienne m'assurait que je n'étais pas seul à douter de l'affabilité de Lupin. Au moindre geste de l'honorable personnage, mon copain secouait la tête, faisant la moue.

Il faut dire que le type en avait mis un peu beaucoup pour épater la galerie. Lunettes de soleil griffées sur le nez (en pleine nuit!), le grand seigneur avait payé moult tournées générales à ses compagnons de table, en grillant cigare dominicain après cigare dominicain. Cheveux grisonnants, bronzage artificiel, faciès un rien bouffi, la quarantaine ventrue; il ressemblait à une caricature de «mon'oncle des États», millionnaire adepte du golf à longueur d'année en Floride!

Après le rappel, il avait poussé l'esbroufe au maximum en commandant une bouteille de champagne.

— Un toast, avait-il lancé cérémonieusement en levant sa flûte. À Django; puisse-t-il poursuivre longtemps avec cette voix dans cette voie, toujours plus loin, toujours plus haut! *Excelsior*!

Poudre aux yeux! Ses largesses n'arrivaient pas à compenser l'impression de *profonde* superficialité qu'il dégageait. Sa générosité ne semblait pas l'impliquer, demeurait de surface.

Quel bizarre animal se cachait sous cette peau d'homme?

— Nom de gentleman-cambrioleur et gueule de mafioso, m'avait susurré Étienne, à l'heure du départ. Au moins, vous n'aurez rien à craindre de la pègre montréalaise. Ce gars-là doit prendre régulièrement l'apéro avec les caïds!

Les phares découpaient un tapis humide dans la nuit. De chaque côté de la voiture, les arbres tendaient leurs branches décharnées vers le ciel, dans un élan d'imploration. Nous voyagions en silence. Pour un type soi-disant impatient de me connaître, Me Lupin n'était pas très bavard. Il avait lancé quelques platitudes, puis plus rien.

Je n'avais moi-même pas grand-chose à lui dire. Val avait beau multiplier les pistes de discussion, son gourou ne m'inspirait rien. D'autant plus qu'on aurait dit qu'il m'épiait du coin de l'oeil, qu'il me jaugeait comme un père possessif évalue le prétendant de sa fille. Je n'aimais pas cette sensation.

Aussi, je n'ai pas eu d'objection quand, me voyant cogner des clous, ma copine a suggéré que nous changions de place. Comme ça, je pourrais m'allonger sur la banquette et roupiller à mon aise. Profitant d'une halte routière, nous avons procédé à la substitution. Le temps de me dégourdir les jambes, je me suis recroquevillé pour m'engouffrer à l'arrière du coupé sport.

— Attention à ta tête, champion, m'a prévenu Lupin. Comme la Toyota Paseo que je conduisais avant, c'est «pas 'ssez haut» pour les géants dans ton genre.

J'ai ricané sans conviction, piètre imitation de rire pour un médiocre calembour. Exténué, je n'ai pas tardé à glisser dans une zone crépusculaire entre sommeil et veille. Envoûté par la mélopée du moteur, j'entendais à peine le rire singulier de Valérie, qui ponctuait les jeux de mots faciles de Lupin.

J'ai fini par m'endormir pour de bon, car le soleil de sept heures, dont les rayons pointaient entre les gratte-ciel, m'a surpris. Tout brillant qu'il soit, son éclat me semblait terne comparé à celui du visage de Valérie, tourné vers moi.

— On arrive.

Dans le rétroviseur, Lupin, regard masqué par ses verres fumés, a confirmé l'annonce par un hochement de tête. Pas une seconde trop tôt! Après tout ce temps replié en chien de fusil, j'avais peur de ne plus pouvoir reprendre la station verticale!

J'ai sourcillé en constatant l'état lamentable des bâtiments du quartier industriel que nous traversions. Comme emplacement pour un château des mille et une nuits, j'avais vu mieux! La Volks s'est arrêtée devant une bâtisse qui ne payait pas de mine. Briques émiettées et noircies par la suie, carreaux empoussiérés sinon fracassés; on aurait dit une manufacture désaffectée, mûre pour la démolition…

Pourtant, le monte-charge qui faisait office d'ascenseur donnait sur un loft spacieux. Plancher de bois franc si lustré qu'on pouvait s'y mirer, tapis du Moyen-Orient, mobilier design importé d'Europe, bar abondamment garni encerclé de hauts tabourets, mégachaîne stéréo branchée sur des enceintes acoustiques aussi grandes que moi, téléviseur à écran géant couvrant quasiment un pan de mur.

Quel rupin, ce Lupin!

J'ai failli croire que nous avions eu un accident durant mon sommeil et que nous arrivions au paradis, version yuppie!

Sitôt entré, notre hôte a empoigné une télécommande sur le bar. Quelques clic! bien orientés, et des stores verticaux ont éclipsé les baies vitrées, l'éclairage s'est tamisé, une douce mélodie a fusé des haut-parleurs: le *Clair de lune* de Debussy.

— Prenez la chambre au fond, a dit Lupin, magnanime, en nous indiquant l'aire fermée par des cloisons amovibles, à l'autre bout du logement. Vous me pardonnerez de ne pas vous border, mais j'ai à faire.

Cela dit sur le ton de celui qui voulait être seul. Valérie et moi sommes passés dans la chambre, d'autant plus vite que ma copine ne rêvait que d'embrasser un matelas.

— Je n'ai pas fermé l'oeil de la nuit, moi, et il me faut au moins huit heures de sommeil pour retrouver la forme.

La chambre présentait le même dépouillement que le reste du loft. Quasiment aussi vaste qu'un ring, le lit en occupait les deux tiers, cerné par des tables de chevet intégrées au cadre en mélamine noire. Après avoir jeté ses vêtements sur la chaise près de la penderie, Val s'est glissée sous les draps. Elle s'est assoupie sans compter de moutons.

Angoissé, je l'ai rejointe. De son côté, Roger Lupin marmonnait des propos inaudibles dans son téléphone sans fil. Les membres endoloris, je n'arrivais pourtant pas à sombrer. J'ai tourné et retourné sur moi-même, cherchant une position propice à l'endormissement.

C'est à ce moment que j'ai remarqué les statuettes jumelles qui trônaient sur les tables de chevet, de part et d'autre du lit. Taillées dans un cristal bleu, elles représentaient des créatures tenant à la fois de l'homme et du papillon qui, grandes ailes déployées, s'extrayaient d'un cocon de chair informe.

Ces sculptures me donnaient la chair de poule.

Par bonheur, la vue de Valérie, angélique dans son sommeil, avait sur moi un effet apaisant. J'ai fini par me couler à mon tour dans un abîme peuplé d'étranges «papillons-garous».

***

Une violente démangeaison au poignet droit m'a arraché à mes rêves agités. Boursouflée comme si on avait glissé un corps étranger en dessous, ma tache de naissance avait changé de forme: elle ressemblait maintenant à une demi-lune. Je l'ai tapotée jusqu'à ce qu'elle s'affaisse, plissée comme une vergeture.

J'ai remarqué les couvertures rabattues sur l'autre moitié du lit. J'ai appelé Val. Pas de réponse. Sur les tables de nuit, les statuettes d'hommes-papillons m'épiaient, moqueuses.

J'ai bondi sur mes pieds, ai pointé la tête hors de la chambre. Pas de Valérie en vue. En faisant le tour du loft, j'ai trouvé un billet retenu à la porte du frigo par une attache aimantée.

Salut mon loup. N'ai pas voulu te réveiller. Sortie avec Roger. De retour bientôt. Gros bisous mouillés. Ta Val.

Le cadran numérique du micro-ondes affichait quatorze heures et des poussières. Apparemment, ma Val ne voyait pas d'inconvénients à écourter son sommeil réparateur pour accompagner Me Lupin. J'ai chiffonné la note avec hargne. Beau weekend en amoureux! J'ai eu envie de courir à la gare Berri pour sauter dans le premier bus en direction du Saguenay.

Au lieu de ça, je me suis préparé un *espresso* et quelques rôties, mais l'appétit n'y était pas. Dans l'imposante discothèque de mon hôte, j'ai choisi un trente-trois tours d'Antonio Carlos Jobim. La musique adoucit les moeurs, dit-on, et celle du père de la bossa-nova avait toujours su me calmer mieux que toute autre.

Tasse de café en main, j'ai inspecté la bibliothèque de Roger Lupin, où s'alignaient essentiellement des manuels de droit civil et des livres de psychologie populaire, du genre *Découvrez l'adulte en vous*. Un volume a attiré mon attention: un album de photos identique au registre des invités dans mon cauchemar.

Du bout du doigt, je l'ai tiré du rayon et me suis mis à le feuilleter. À ma surprise, l'album ne renfermait pas les souvenirs de jeunesse de Lupin, mais une suite de portraits de jeunes qui n'avaient aucun air de parenté ni avec lui ni entre eux. Les adeptes de ses ateliers? L'un de ces garçons m'était familier, mais je ne me rappelais pas l'endroit où j'avais aperçu son visage.

À quelques pages de la fin, je suis tombé sur une photographie de Valérie. On la voyait en plan américain, torse nu, serrant contre ses seins un bébé. Si je me fiais à sa coiffure et à son air juvénile, le cliché remontait à quelques années. Mais qui était cet enfant? J'ai sorti la photo de la pochette de plastique pour lire l'inscription au verso: «Valérie et Desdemona», suivis d'une adresse à Québec.

Le grincement du monte-charge m'a fait sursauter. Énervé, j'ai tout juste eu le temps de remettre la photo à sa place et l'album dans la bibliothèque avant que la cabine s'immobilise à l'étage et que la grille s'ouvre.

Mais j'avais mémorisé l'information à l'endos du portrait.

— Ah! Tu es debout? a fait Valérie, soulignant l'évidence. Je suis désolée de t'avoir faussé compagnie, mais Roger avait quelques courses à faire, et j'ai décidé de l'accompagner. Tu ne m'en veux pas trop, j'espère…

Pas du genre à laver mon linge sale en public, je me suis gardé de lui faire des remontrances devant son mentor. De toute façon, notre hôte venait de décréter que, histoire de se faire pardonner de m'avoir enlevé ma belle, il nous offrait un repas chez Remus e Romulus, le meilleur resto italien en ville, suivi d'une surprise, juste pour moi!

J'ai emboîté le pas. De toute façon, avais-je le choix?

***

Chose promise, chose due. Et Me Lupin nous a amenés dans un établissement éminemment chic. À l'entrée, Guido, le proprio en smoking, noeud papillon au cou, nous a accueillis d'autant plus cordialement que Lupin et lui semblaient assez intimes. Des images de films de mafiosi m'ont empli la tête, et je me suis remémoré les prédictions d'Étienne à propos des «fréquentations» de Roger Lupin.

— Chaque fois que je viens à Montréal, je prends au moins un repas ici, nous a expliqué Lupin. Et Guido me réserve toujours la meilleure table…

Le soir tirait les rideaux sur la métropole. Dans l'obscurité grandissante, la croix du mont Royal se découpait, telle une marque au fer rouge. La clientèle, peu nombreuse à cette heure, m'apparaissait constituée en majeure partie de touristes américains et de businessmen canadiens-anglais.

En sirotant le Campari-Perrier imposé par Lupin en guise d'apéritif, j'ai consulté la carte où aucun prix ne figurait, bien entendu. Le menu étant en italien, j'ai dû, comme Valérie, m'en remettre aux conseils de l'avocat. Tout en échangeant quelques blagues avec Guido, Lupin a passé notre commande: des *fettucini alle vongole* pour moi, des côtelettes d'agneau pour Val et lui.

Sur un point, Lupin n'avait pas exagéré: les plats chez Remus e Romulus étaient en effet dignes de César. Dommage qu'il fallût en échange de ce festin se taper les anecdotes insipides et les vantardises de notre hôte. Volubile comme toujours, il nous a raconté ses nombreux séjours en Italie, notamment à Venise, d'où était soi-disant originaire son grand-père Lupini.

Nous avons bu énormément, trop sans doute. La lueur des chandelles allumait de drôles de reflets dans nos coupes. Très rouge, le chianti évoquait à mes yeux le sang d'enfants immolés sur les autels de divinités antiques.

J'observais Val, qui s'esclaffait à la moindre farce plate de Lupin. Le vin embrumait mon regard. En silence, je me traitais d'imbécile. Je voyais la table, nos assiettes, les bougies, la bouteille de chianti dans son justaucorps d'osier. Je voyais cette fille qui rigolait en faisant des minauderies d'ingénue.

Quelle audace! Faire le voyage jusqu'à Montréal avec son amant dans le but concerté de se payer la tête de son supposé amoureux! Il me prenait des envies de renverser la table, de saisir le gros Lupin par le collet et de lui casser la gueule.

Je me sentais de trop dans ce sketch de théâtre d'été! J'avais envie de quitter la scène sans saluer l'auditoire. Je voulais être ailleurs et quelqu'un d'autre.

Mais je suis resté là, pauvre débile.

Tandis que Val s'était éclipsée quelques instants, Lupin en a profité pour me lancer tout de go.

— Cher Django, j'ai la nette impression que tu ne m'aimes pas…

Défiant, j'ai soutenu son regard, sans répondre.

— Ça ne fait rien, a-t-il enchaîné, en sirotant son vin. Je veux juste que tu saches que j'ai de grands projets pour Valérie et que je te déconseille de les entraver…

Proféré sur un ton neutre, cet avertissement prenait des airs de menace. J'allais répliquer, mais le retour inopiné de Val a mis un terme à notre échange.

Après le dessert, le café et le digestif, j'étais complètement saoul. Je ne voyais pas plus loin que le bout de mon nez. Le monde n'était plus qu'une toile délavée, peuplée d'ombres.

Au sortir du resto, pour ma surprise, Lupin nous a traînés dans une boîte de nuit du Vieux-Montréal, où se produisait la chanteuse Christiane Raby. Accompagnée d'un guitariste et d'un bassiste, l'ex-alto de la Bande Magnétik nous a servi un cocktail de folk, de soul, de pop et quelques reprises, mais aussi plusieurs compositions originales.

Ivre, j'avais toute la misère du monde à suivre le spectacle. Cependant, lorsqu'elle a entonné sa chanson fétiche, *L'appel des loups*, j'ai eu l'impression de dégriser d'un coup. Aussi idiot que cela puisse paraître, j'avais la conviction que cette histoire d'amour impossible, c'était la mienne.

À la coda, des larmes ont empli mes paupières.

On ne fera plus l'amour, on ne fera plus
la guerre
Mais y'aura toujours des silences qui
ressembleront au désert
Au désert

Je me suis tourné vers Val, méconnais-
sable au milieu de la brume. Dans le silence
qui s'installait en moi résonnait un mot: Desdemona.

Chapitre 6

Au retour de ces noces

Avec le recul, je constate que c'est ce week-end à Montréal qui a sonné le début de la fin pour Valérie et moi. En dépit des évidences, je m'entêtais à poursuivre cette relation, avec une volonté d'autohumiliation digne de Brel dans *Ne me quitte pas*. Souhaiter devenir l'ombre de l'ombre, l'ombre de la main, l'ombre du chien de Valérie: j'en étais quasiment là, à la grande honte d'Étienne.

Prise par la rédaction de ses travaux scolaires ou journalistiques, Valérie ne me voyait que sporadiquement. Et puis, il y avait ces maudits ateliers dont la fréquence augmentait. J'aurais vendu mon âme au diable pour

savoir ce que Lupin et ses adeptes y fabri-
quaient. Surtout quand je repensais aux me-
naces à peine voilées qu'il m'avait servies au
restaurant…

— Si ça te tracasse autant, pourquoi ne
pas assister à la prochaine séance? m'avait
défié Valérie, irritée. Je suis sûre que Roger
n'y verrait aucune objection. Qui sait? Ça
serait peut-être profitable pour ton oeuvre…

Je n'appréciais pas son sarcasme. Depuis
quelque temps, je vivais une panne d'inspiration, incapable d'aligner deux couplets
valables sur seize mesures. Valérie le savait
et visait délibérément mon talon d'Achille.

Elle avait marqué un point: en vérité, rien
ne m'empêchait de m'inscrire aux ateliers de
Lupin, sinon la crainte de constater qu'ils
n'étaient nullement malsains, ainsi que je me
plaisais à les imaginer.

Et puis, à la limite, je me fichais pas mal de
la nature des enseignements à la noix de son
gourou. La photographie d'elle et de ce bébé,
Desdemona, m'intriguait infiniment plus.
Mais je n'arrivais pas à aborder le sujet, un
peu honteux d'avoir commis l'indiscrétion
de fouiller dans l'album de Lupin.

L'ombre de cette enfant inconnue ga-
gnait en superficie, jusqu'à recouvrir tout le

gouffre qui s'agrandissait entre Val et moi. Quel lien entre cette Desdemona et elle? S'agissait-il de sa fille? Si oui, qui en était le père? Lupin?

Non. Tout, mais pas ça!

Je m'enflammais de rage à cette idée. En vain, j'essayais de la chasser, mais elle revenait comme un boomerang et ricochait contre les parois de mon crâne. En présence de Valérie ou en son absence, impossible de penser à autre chose. J'avais peur de devenir complètement fou.

Excédé, j'en devenais insupportable. Je multipliais les critiques à l'endroit de Val, la reprenais abruptement à la moindre faute de français, lui reprochais sa consommation excessive d'alcool. Ou encore, j'en remettais sur le dos de Lupin, que je me figurais à la source de nos ennuis.

— Ça va faire les procès! a fini par exploser Valérie. Quand est-ce que tu vas vieillir, Django? Ton comportement d'ado immature, j'en ai soupé!

— J'imagine. À ce qu'on dit, tu préfères les hommes matures!

Par ce rapprochement entre sa relation avec Lupin et sa supposée aventure avec un prof, je faisais d'une pierre deux coups.

Piquée au vif, Val a bondi du futon et s'est précipitée sur son balcon en refermant brutalement la porte-fenêtre.

À la voir hausser les épaules par à-coups, je pouvais constater l'étendue des ravages occasionnés par ma réplique. Je suis resté un moment décontenancé. Peut-être y étais-je allé un peu fort. J'ai grimacé. À mon tour, je suis sorti.

Dehors, des citrouilles illuminées arboraient un sourire sarcastique. Le vent d'octobre avait beau être frisquet, il n'expliquait pas les tremblements qui secouaient Val de la tête aux pieds. Agrippée au garde-fou, elle s'efforçait de maîtriser ses sanglots. J'ai voulu la prendre par les épaules; elle s'est dégagée.

— Va-t'en, a-t-elle hoqueté. Je ne veux pas de toi ici!

Je n'ai pas bougé. J'ignorais comment réagir. Je ne l'avais jamais vue dans un tel état.

— Va-t'en, je t'ai dit! a-t-elle crié. Je te déteste!

Cette fois, je l'ai empoignée avec force pour la retourner face à moi. Ses larmes avaient entraîné du mascara sur ses joues pâles. Posément, j'ai fouillé dans les poches de mon pantalon, à la recherche de mouchoirs en papier.

— Je regrette, je n'aurais pas dû dire ça, ai-je bégayé.

Plutôt que d'égrener un chapelet de platitudes, je l'ai serrée contre ma poitrine, comme pour recevoir sa peine dans mon coeur. Elle n'a pas offert de résistance. Elle s'est laissée aller, tandis que je lui lissais les cheveux.

Au bout d'un moment, elle a retrouvé un brin de contenance. Apparemment, la crise de larmes lui avait été bénéfique. Le nez dans son kleenex trempé, elle s'est calmée; je lui en ai tendu un autre.

Les yeux rouges et inondés, elle a baragouiné quelque chose au sujet de son enfance. Elle sanglotait, reniflait beaucoup et je n'ai pas saisi les menus détails. Mais j'ai compris l'essentiel de ces propos sordides, où il était question de son rapport avec le chef d'une famille d'accueil chez qui elle avait vécu de l'âge de huit à douze ans.

Homme respectable et respecté, souvent cité en exemple à Rivière-du-Loup, le bon monsieur pratiquait la médecine dans un hôpital de la banlieue montréalaise. Parce qu'ils n'avaient jamais pu avoir d'enfants, sa femme et lui avaient transformé leur maison cossue en havre de bonheur pour orphelins démunis.

Je n'avais pas à entendre le récit en entier pour me faire une idée du sombre tableau. Quelques mots clés suffisaient: visites nocturnes, brutalités sous le couvert de la tendresse, promesses de garder le silence arrachées sous la menace.

— Chaque soir, dès que sa femme s'endormait (ou faisait semblant, l'hypocrite!), il venait dans ma chambre. Pas satisfait d'ausculter des patients à longueur de journée, il lui fallait encore jouer «au docteur» la nuit…

Valérie me confiait tout ça, agitée par un orage intérieur que je ne pouvais qu'imaginer. Dans ma courte vie, qui n'avait pourtant pas toujours été rose, j'avais rarement été exposé à une plaie si vive, à une douleur si criante.

J'aurais préféré ne rien entendre et continuer de jouer à l'autruche, uniquement soucieux de mes ridicules tracas en faisant comme si tout allait pour le mieux dans ce meilleur des mondes. Maintenant que j'avais ouvert la boîte de Pandore, il fallait assumer mon geste et écouter l'histoire jusqu'au bout.

Au fond, Valérie avait eu raison sur un point: j'avais encore beaucoup de travail à faire avant de me déclarer mature.

Graduellement, son monologue s'est dissous en bouillie de syllabes inintelligibles et de pleurs. Je n'osais rien dire, même pas lui demander comment elle était sortie de cet enfer ou si le salaud avait payé pour ses crimes. Je me suis borné à l'enlacer plus fort, avec toute la compassion qu'appelait sa souffrance.

Quand enfin elle s'est détachée de moi, elle a asséché ses yeux avec un autre kleenex sorti de ma poche. Elle s'est mordu la lèvre puis m'a regardé, frissonnante. Je me suis raclé la gorge, cherchant une parole qui ne sonnerait pas faux. Val m'a devancé.

— S'il te plaît, Django, laisse-moi, a-t-elle dit d'une voix très froide et pleine d'assurance. J'aimerais être seule.

— Mais Val...

— Va-t'en, Django, je t'en prie...

Je n'ai pas insisté. À contrecœur, j'ai récupéré mon coupe-vent puis j'ai quitté l'appartement.

En déverrouillant le cadenas de ma bicyclette enchaînée à un lampadaire, j'ai levé les yeux vers le balcon de Valérie. Elle s'y trouvait encore, les mains crispées sur le garde-fou, le regard perdu au loin. À quoi rêvait-elle? À une contrée féerique où les fillettes emmitouflées sous leur douillette n'avaient rien à craindre?

Aurait-il fallu que je la rejoigne, pour qu'elle s'endorme paisiblement au creux de mes bras? Non, ce n'était pas le temps de jouer au superhéros! Elle m'avait prié de la laisser seule; la moindre des preuves d'amour était de respecter sa volonté. Une barre de fer dans l'estomac, j'ai sauté sur la selle de mon vélo et j'ai filé en direction de la maison des Lemelin.

À mon arrivée, j'ai trouvé Étienne au sous-sol, affalé sur le divan en compagnie d'une jolie rouquine du nom de Caroline. À MusiquePlus, on repassait le clip de la chanson *Thriller*. J'entrais au moment où Michael Jackson, métamorphosé en bête sanguinaire, s'apprêtait à réduire sa ravissante compagne en chair à pâté.

En m'apercevant, Étienne m'a lancé l'horaire télé.

— Il y a *L'aventure c'est l'aventure*, avec ton Brel adoré, au cinéma de fin de soirée; hilarant, à ce qu'ils disent là-dedans.

J'avais vu cette comédie de Lelouch une

demi-douzaine de fois, et elle ne valait pas la peine que je joue les couche-tard cinéphiles. Pas ce soir, en tout cas. Après avoir souhaité bonne nuit à mon copain et à son invitée, j'ai fait escale à la salle de bains pour me débarbouiller un peu avant de sauter au lit.

De toute évidence, le marchand de sable était déjà passé, et il n'avait pas coutume de revenir sur ses pas pour les retardataires. Sous le choc des révélations de ma blonde, je ne trouvais pas le sommeil. J'ai rallumé la veilleuse. J'ai pris guitare et papier à musique, avec la ferme intention de composer une chanson rien que pour elle.

J'étais résolu à lui dédier ma plus belle oeuvre à ce jour. Une mélodie tout en douceur, quelque part entre l'impressionnisme d'Erik Satie et la suavité d'Antonio Carlos Jobim. Une berceuse avec des mots de tous les jours, rien de grandiloquent, de faussement lyrique, juste les mots qu'il faut pour mettre un baume sur l'âme meurtrie de ma Valérie.

Peine perdue. Les bouts de mélodie que j'arrachais à ma guitare sonnaient faux. Je n'arrivais pas à articuler un air harmonieux, pour la bonne et simple raison que je n'entendais rien dans ma tête, pas la plus infime note. Rien. *Niete*. *Nada*.

C'était plus grave que la panne d'inspiration dont je souffrais depuis quelque temps. Cette fois, c'était le vide total, ce silence «qui ressemble au désert», pour emprunter la formule de Christiane Raby.

Ça ne m'était jamais arrivé de toute ma vie, depuis le jour où j'avais décidé de devenir musicien. Jamais.

Fébrile, j'ai rangé ma guitare dans son étui, convaincu que ça me passerait dès le lendemain. Il fallait que ça passe.

Je ne me sentais toujours pas prêt à dormir. Ne sachant trop comment tuer le temps, j'ai sorti de ma table de nuit les photos prises par Lupin au cours de notre week-end à Montréal.

Oubliant l'hostilité que le type éveillait en moi, j'ai passé en revue ces souvenirs figés sur pellicule.

Ici, Valérie et moi simulant la terreur à bord de l'ascenseur de la tour du Stade olympique. Là, elle et moi tendrement enlacés au milieu des rosiers du Jardin botanique. Ou encore, frissonnant en face de la section arctique du Biodôme.

Soudain, un cliché a capté plus particulièrement mon attention. Le décolleté plongeant de la robe de satin de Valérie découvrait la chair de sa poitrine. Sur son sein gauche, la tache de naissance avait légèrement changé. À l'instar de la mienne, elle avait désormais la forme d'une demi-lune bleue!

***

Cette nuit-là, mon cauchemar présentait des variantes plus intrigantes que les précédents. Dans cet énième «remake», le valet avait adopté les traits de Guido, le proprio du restaurant Remus e Romulus. Et puis, sur la page du registre qu'il me demandait de signer figuraient deux noms: Valérie et Desdemona.

En traversant le corridor à l'étage, je me permettais un coup d'oeil dans l'une des chambres par la porte entrebâillée. Sur le plancher de la pièce sans mobilier, des figures vaguement humaines luttaient pour s'extraire de membranes translucides légèrement bleutées.

— *Over here, my young friend*, m'invitait de sa voix grave Philippe Berger, dans la salle au bout du couloir.

Pressé par Guido, je reprenais mon chemin. Debout devant les étagères surchargées de la bibliothèque, Phil me tournait le dos.

Effrayé, j'hésitais à franchir le seuil, mais Guido me poussait et faisait coulisser la double porte derrière moi, ce qui n'assourdissait en rien les plaintes des momifiés.

— Ces gens, qu'est-ce que vous leur faites?

Comme les autres fois, l'étranger qui assumait l'apparence de Phil me débitait son baratin à propos de la plénitude et de la souffrance, de la chenille et de la chrysalide. Puis, il tournait vers moi son visage parsemé de perles de sécrétion bleuâtre.

Dans le couloir, l'écho des lamentations s'intensifiait. À travers cette cacophonie, je distinguais le babil d'un bébé.

— Presque la pleine lune, se réjouissait mon hôte, d'une voix de ténor qui ne ressemblait plus du tout à celle de Phil.

En prononçant ces paroles, il se penchait au-dessus de la malle au centre de la pièce et m'enjoignait d'approcher. Et même si je savais quel déluge de lumières et de sons se déchaînerait à l'ouverture du coffre, j'avançais vers lui.

— Sortir de soi, ricanait-il. Le but ultime de l'existence! Comme le papillon de son cocon!

À ces mots, le visage boursouflé de Phil

se craquelait pour révéler celui de Roger Lupin. En poussant un hurlement de coyote, l'avocat-gourou ouvrait les loquets et relevait le couvercle.

Ainsi que je l'avais anticipé, l'ouragan de couleurs et de bruits renversait les bibliothèques, envoyant voler en tous sens livres, meubles, bibelots... Enfin, tout ce qui se trouvait dans la pièce.

Je baissais alors les yeux vers mon poignet, qui me faisait souffrir le martyre. Enflée à l'endroit précis de ma tache de naissance, la peau distendue se déchirait et crachait du pus bleuté. Je voulais crier, mais la terreur me coupait les cordes vocales.

— Inutile de lutter contre ta vraie nature, mon gars, se bidonnait Lupin, perdu au milieu du cyclone. Éclate-toi! Laisse-toi aller hors de toi!

À ce moment, je me suis redressé sur mon lit, m'arrachant de justesse à cette saynète d'épouvante. Juste un rêve, me répétais-je, en balayant des yeux le décor rassurant de ma chambre. J'ai repris mon souffle, j'ai palpé mon poignet endolori. Rien d'anormal. J'ai soupiré. Tout allait pour le mieux.

J'ai quand même mis quelques heures à me rendormir.

Chapitre 7

Tout devenait flou

Le spectacle de Philippe Berger, debout devant la gueule énorme d'un *Tyrannosaurus Rex*, toutes dents sorties, était d'autant plus saisissant que j'avais vraiment l'impression que le monstre allait dévorer mon prof et ami. Je ne sais pourquoi, mais cette image m'a fait penser à Lupin et à Val…

— Quel paradoxe, tout de même! philosophait Berger. Après avoir régné en seigneurs et maîtres sur cette planète durant des siècles, ces grands animaux ont disparu sans laisser d'autres traces que leurs ossements. À mon avis, ils se sont éteints faute de s'être adaptés à leur milieu.

Valérie passait ce dernier week-end d'octobre en méditation dans un chalet en dehors de la ville; il fallait bien occuper mes temps libres. Incapable d'écrire ou de composer, j'avais accepté d'accompagner Phil à cette exposition d'hologrammes, auxquels je n'arrivais pas à m'intéresser.

J'ai traversé les salles sans prononcer la moindre parole. Phil a remarqué mon humeur, bien sûr, mais n'a fait aucun commentaire. Au moment de me déposer devant chez moi, au sortir de l'expo, il m'a dit que changer d'air ne me ferait pas de tort.

Il avait tout à fait raison: j'avais besoin de changer d'air et je savais exactement comment y arriver.

Étienne a paru estomaqué quand je lui ai confié mon désir de me joindre à la troupe de supporteurs qui accompagnaient notre équipe de football à Québec, où elle affronterait sa principale rivale dans le cadre des finales de division. J'avais toujours été aussi peu enclin à assister aux matches qu'à y participer, alors ma proposition avait de quoi étonner, en effet.

Mais j'avais en tête une petite idée sur mon emploi du temps en cette veille de l'Halloween, une idée qui faisait son chemin au point de devenir une véritable obsession...

On avait nolisé un autobus articulé avec suffisamment de sièges pour asseoir les athlètes, les entraîneurs et les groupies au nombre desquels on comptait Caroline, la nouvelle flamme d'Étienne, et moi. Pendant les quelques heures de route, j'ai dû me farcir des morceaux choisis dans l'inépuisable répertoire de plaisanteries grivoises de nos valeureux champions.

Au programme, les gars ont proposé toute la série de devinettes sexistes où les blondes sont présentées comme un troupeau d'étourdies et de garces. Je ne me faisais pas d'illusions; vu la réputation de ma dulcinée, il était clair qu'on cherchait à m'étriver.

— C'est quoi la première chose que dit une blonde en se levant le matin? a lancé l'un des footballeurs, dont j'oublie le nom. «Est-ce que vous jouez tous dans la même équipe?»

Ces blagues ont déclenché l'hilarité générale. Seule Caroline, pourtant une authentique rousse, a protesté contre la misogynie implicite à cet humour. Pour ma part, je ressassais un vieil adage: les chiens aboient, la caravane passe...

L'autobus est arrivé à la Gare du palais aux alentours de midi. La partie n'avait lieu qu'à seize heures trente; l'entraîneur a proposé d'aller manger quelque part dans le Vieux-Québec, avant de prendre le chemin du stade.

J'avais d'autres projets…

***

Le Quartier latin n'avait pas vraiment changé depuis ma dernière visite, lors d'une excursion scolaire avec les profs d'histoire du secondaire. J'aimais le Vieux, ses remparts et les punks qui y jouaient les sentinelles, ses rues piétonnières trop peu nombreuses, le glorieux passé dont la capitale s'enorgueillissait et son architecture qui embaumait l'Europe.

Il fallait bien escorter de pareils fiers-à-bras pour échouer dans un restaurant-minute, alors qu'on se trouvait dans un haut lieu de la gastronomie! J'avais quitté notre délégation à la porte, en leur promettant de les retrouver en fin d'après-midi. Carte en main, je me suis hâté vers ma destination secrète.

À cette période de l'année, basse saison

pour le tourisme, les rues n'étaient guère fréquentées. J'ai trouvé sans peine celle que je cherchais. J'ai monté la pente raide, quasiment une escalade, interdite à la circulation automobile, assailli par un sentiment d'étouffement qui n'avait rien à voir avec l'étroitesse des lieux.

Cette ruelle aux dalles inégales, je l'avais arpentée en rêve! Un instant, je me suis demandé s'il ne valait pas mieux faire marche arrière. J'avais terriblement peur de ce que je trouverais à l'adresse notée au verso de la photo de Val et de l'enfant.

Je suis bientôt arrivé devant une maison identique en tout point à celle du cauchemar. J'ai vérifié le numéro civique. Pas d'erreur. Que faire? Fuir à toutes jambes et oublier cette histoire insensée, comme me le conseillait la petite voix de la raison?

La boîte aux lettres portait une plaque au nom de N. Marland, ainsi que je l'avais prévu. J'ai appuyé sur la sonnette, une fois, deux fois, sans résultat apparent. D'une main tremblante, j'ai alors empoigné l'anneau du heurtoir à tête de loup et j'ai frappé.

— J'arrive, j'arrive; il n'y a pas le feu, tout de même! a râlé une voix féminine très lointaine.

La porte s'est ouverte en grinçant. Plutôt qu'un valet en queue-de-pie est apparue une dame grassouillette, aux vêtements fripés, aux cheveux gris défaits; le sosie de Valérie, pattes d'oie en plus! Elle tenait dans ses bras une fillette blonde d'environ quatre ans, dont je devinais l'identité.

La femme me scrutait, suspicieuse, attendant que je me présente. Je demeurais sans voix, paralysé.

— Et alors? C'est à quel propos? s'est-elle impatientée. Si c'est pour l'Halloween, je vous avertis, je n'ai pas de bonbons.

Constatant son maintien chancelant et son élocution empâtée, j'en déduisis qu'elle avait bu. Malgré moi, mes lèvres se sont entrouvertes, et des mots s'en sont échappés, comme si je m'étais métamorphosé en poupée de ventriloque.

— Je viens au sujet de votre fille Valérie, madame Marland, a bredouillé cette voix dont je n'étais pas maître.

La dame a sourcillé, interloquée. Puis, elle a fait un pas en arrière et m'a invité à entrer.

Le désordre et la décoration de son domicile n'avaient rien à voir avec mon rêve. L'intérieur modeste et négligé témoignait d'un attachement aux vieilleries, comme le mobilier de cuisine kitch datant des années cinquante. Il y régnait une pagaille pire que celle qui m'attendait chez moi: amoncellement de mégots dans les cendriers, vaisselle sale empilée dans l'évier, torchons maculés de sauce éparpillés çà et là. De forts relents d'alcool imprégnaient l'air.

La table au plateau rouge vif branlait sur ses pattes de métal rouillé. Je me suis assis sur une chaise, guère plus solide, dont on avait pansé le revêtement de vinyle usé avec du ruban-cache. Mme Marland a posé l'enfant par terre et l'a envoyée jouer dans sa chambre; elle et moi avions à discuter entre grandes personnes. La fillette a grimacé.

— Le monsieur veut du mal à Valou, mamie Nicole?

— Sois gentille et laisse-nous, Dess, mon trésor…

La petite m'a lancé un regard plein de méfiance puis s'est résignée à sortir de la cuisine en se traînant les pieds. Lorsqu'elle est passée près de moi, elle s'est arrêtée et m'a asséné un bon coup de poing sur la cuisse.

— Méchant, laissez la paix à Valou et à mamie Nicole!

— Dess, voyons! a grondé Mme Marland.

— Laissez, madame; elle ne m'a pas fait mal.

Évidemment, la petite ne pouvait pas me blesser, mais son agressivité m'effrayait. Quelles craintes pour le bien-être de sa mère et de sa grand-mère pouvaient lui inspirer une telle haine envers les intrus?

Nicole Marland avait sorti un paquet de cigarettes de son tablier élimé. D'un signe de tête, j'ai refusé celle qu'elle m'offrait.

— Tu lui veux quoi, au juste, à ma fille?

Je ne savais trop quoi répondre. Mais qu'avais-je espéré en venant fouiner ici? Quand j'ai bredouillé que j'étais l'ami de coeur de Valérie, Nicole Marland a failli s'étouffer de rire.

— Son amoureux! elle est bien bonne celle-là! a-t-elle toussoté, en soufflant des nuages de fumée. Son amoureux numéro combien? Vingt-cinq, vingt-six? Dis donc que tu t'envoies en l'air avec elle, ce serait plus exact!

Je n'appréciais pas qu'elle réduise ma relation avec Valérie à une simple affaire de sexe. J'aimais sa fille, à m'en déchirer le coeur. Je l'aimais probablement plus qu'elle ne l'aimerait jamais.

— Elle ne m'a jamais causé autre chose

que des ennuis, cette enfant-là! ruminait la dame, visiblement ivre. Je n'étais pas assez riche pour l'élever toute seule et je l'ai placée dans un foyer; elle trouve le moyen de me faire encore des problèmes, des histoires d'abus sexuel! Si ça se trouve, elle avait dû le chercher, le vieux doc!

Ce chapelet d'énormités m'écorchait les oreilles. Mme Marland surenchérissait.

— Comme si ça suffisait pas, il a fallu qu'elle aille se faire faire un petit par le premier voyou qu'elle a rencontré, sur une banquette arrière, je parie! Et qui se retrouve avec le bébé, tu penses?

Je luttais contre l'envie de gifler la femme, de lui faire ravaler ses calomnies. Je ne voulais pas entendre ces propos injurieux sur ma Valérie. Nicole Marland n'en finissait plus. J'ai vite compris qu'elle n'avait pas idée de l'endroit où étudiait Val, qu'elle était sans nouvelles de sa fille depuis un bout de temps.

J'avais commis une indiscrétion, pire que de fouiller dans un album de photos. Je n'aurais jamais dû mettre les pieds ici. Il fallait que je sorte au plus vite. Je me suis levé, en priant la dame de bien vouloir m'excuser. Plus prompte que je ne l'en aurais cru capable, vu son état d'ébriété, elle s'est placée sur mon chemin. Le ton avait monté.

— Je n'ai pas fini, mon homme! criait-elle, en pleine crise d'hystérie. Tu diras à cette garce qu'elle peut faire ce qu'elle veut, elle ne reverra jamais sa petite fille. Je vais m'arranger pour la protéger de leur mauvaise influence, à elle et à toute leur bande! Ils ne me l'enlèveront pas. Il va falloir qu'ils me passent sur le corps avant!

La petite Desdemona était de retour à la cuisine. En poussant des hurlements stridents, elle me martelait les tibias avec ses pieds. J'ai voulu l'écarter de mon passage, mais Mme Marland m'a attrapé par le poignet. Au contact de sa main, une décharge électrique m'a traversé le bras. Mme Marland a baissé les yeux vers ma tache de naissance. En l'apercevant, elle a blêmi d'horreur.

— Tu es avec eux autres? Sors d'ici! Fous le camp, monstre!

Elle m'a reconduit à la sortie à coups de poing. Larmes aux yeux, j'ai dévalé la ruelle à toute vitesse, trébuchant sur les dalles. J'ai foncé sans regarder ni à droite ni à gauche, couru à en perdre haleine, jusqu'à ce qu'un gémissement de pneus sur l'asphalte et un klaxon me ramènent à la réalité.

— Heille, le cave! m'a crié le chauffeur de la voiture sport qui avait failli me happer devant l'hôtel de ville de Québec. Sors de la lune et reviens sur terre!

Ce monsieur ne croyait pas si bien dire!

Je n'ai pas assisté à la partie de football, que l'équipe de notre collège a remportée haut la main par un score de 45 à 17. Après avoir traîné tout l'après-midi dans Québec, j'ai rejoint la délégation à l'heure fixée pour le retour. Il faisait nuit, une nuit brumeuse et obscure, où l'on ne distinguait rien.

Dans l'autobus, l'ambiance était à la fête. Les athlètes et les membres de leur suite avaient ouvert des bouteilles de bière. Ils la buvaient à grands glouglous ou s'en aspergeaient. Leurs gamineries me levaient le coeur. Je n'ai pas trinqué avec eux. Ils m'ont réclamé une chanson pour souligner leur victoire. J'ai refusé: pas la tête à ça.

Je restais à l'écart, à l'arrière du véhicule. Mais il a fallu que l'expert en gags sur les blondes vienne m'embêter:

— Hé, Django, tu sais comment on allume la lumière après avoir fait l'amour avec une blonde? Tu le sais pas? Facile, on ouvre la portière de l'auto!

J'ignore ce qui m'a pris, je lui ai sauté à

la gorge avec l'intention de lui démolir le portrait. Heureusement, Étienne et quelques autres, encore sobres, se sont empressés de nous séparer. Heureusement pour moi, je veux dire, parce que la brute était suffisamment baraquée pour me réduire en charpie!

Ce qui, tout compte fait, m'aurait bien arrangé…

***

J'ai passé le plus clair de mon dimanche à tenter de parler à Val. D'une fois à l'autre, le service automatisé de réponse a intercepté mes appels. Sans doute n'était-elle pas revenue. En un sens, j'étais presque heureux de ne pas l'avoir jointe. Maintenant que j'avais la confirmation qu'elle m'avait menti à propos de ses rapports avec sa mère et caché l'existence de sa fille, j'avais peur de la confronter.

En fin d'après-midi, Étienne et sa copine Caroline se sont mis en tête de m'entraîner au party d'Halloween qui avait lieu dans l'une des discos en vogue de la ville, sous prétexte que ça me changerait les idées. Je ne me sentais pas très sociable.

— Et puis, je n'ai même pas de déguisement, ai-je invoqué comme motif ultime de mon refus.

— Viens au naturel. Avec ta gueule, pas rasé, les yeux cernés, tu pourras toujours passer pour un pithécanthrope!

— Très drôle, Le Malin!

À force de persévérance, ils sont venus à bout de mes réticences. Caroline s'est même chargée de mon look: tout de noir vêtu, cheveux gominés tirés vers l'arrière, visage et gorge peints en blanc, rouge à lèvres carmin et cernes autour des yeux. En moins de temps qu'il n'en faut pour dire Bram Stoker, elle m'a transformé en un rejeton de Dracula!

En dépit du temps sinistre, ou peut-être à cause de cet orage, la discothèque était pleine à craquer de monstres en tous genres. Pas moyen de faire un pas sans heurter un zombi ou une sorcière!

Évidemment, je n'étais pas le seul vampire dans cette foule. À un moment donné, on comptait pas moins de sept d'entre nous, tous alignés au bar. Peut-être aurions-nous dû former un club, comme le suggérait Étienne, métamorphosé en Incroyable Hulk.

Histoire de rester dans la peau de mon

personnage, j'ai siroté des *virgin caesars* toute la soirée. Résolu à demeurer lucide, je préférais m'en tenir à ce cocktail sans alcool.

Soudain, malgré la musique tonitruante, un rire familier a capté mon attention. Au milieu d'un cercle d'admirateurs formé par un Frankenstein et une demi-douzaine d'autres freaks, une réplique de Marylin Monroe riait à gorge déployée, ballon de cognac en main.

Valérie! Elle était de retour de ses ateliers ésotériques. Mais alors pourquoi n'avait-elle pas rappelé? Si elle désirait venir à cette partie, elle aurait pu me le dire…

Je me suis frayé un chemin à travers la foule de gens costumés avec une seule idée en tête: la serrer dans mes bras jusqu'à ce que nos ennuis disparaissent comme par enchantement!

— Val, qu'est-ce que tu fais ici? Tu es revenue?

Titubante, elle s'est tournée vers moi. J'ai figé en constatant son degré d'ivresse. L'oeil vague, elle m'a scruté un moment, cherchant à percer mon déguisement. Puis soudain, une lueur de colère a éclairé son visage.

— Pour qui tu te prends, Django Potel? a-t-elle hurlé, plus hystérique que sa mère la veille. De quel droit tu te permets de fouiner dans ma vie privée?

Sa voix exprimait une telle hargne que j'en avais des frissons. Autour de nous, les gens s'étaient tus, ébahis par la violence de l'esclandre. Ce que j'aurais donné pour me fondre au plancher! S'abandonnant tout entière à sa fureur, Valérie a jeté son verre par terre. Le ballon s'est fracassé, m'éclaboussant les pieds de cognac.

— T'es rien qu'un pauvre type, Django! Tu joues au grand poète, mais t'as pas la moindre idée de ce que c'est la vie! Je ne veux plus jamais te revoir! Je te déteste, Django! Je te déteste!

Sous le regard des rieurs, je n'ai pas tardé à battre en retraite. J'ai fui vers la sortie, asphyxié par la honte. L'épaisse couche de maquillage blanc sur mes joues masquait les rougeurs de mon visage. Mais, en même temps, elle faisait ressortir les deux filets de liquide noir qui ruisselaient de mes paupières…

Chapitre 8

Ce qu'il y a de plus souterrain

Ce mois de novembre a été le plus pénible de ma vie.

Pendant les premières semaines, je séchais mes cours. Je ne pointais le nez hors de ma chambre que la nuit venue, pour avaler une soupe froide et m'écraser devant la télé. Incapable de fermer l'oeil sans voir le visage de Val, je ne me couchais qu'aux petites heures du matin. Paupières enflées, j'attendais dans la lueur blême de l'écran que la fatigue ne me laisse plus le choix de m'écrouler, tel un arbre tronçonné, sur mon lit.

Et là, je rêvais. Toujours ce maudit rêve, à quelques variantes près dans le déroulement ou la distribution des rôles. Parfois, Valérie y apparaissait au lieu de Phil; d'autres fois, c'était Lupin ou Étienne. Qu'importe que les acteurs changent: le scénario et le dialogue restaient en gros les mêmes.

Encore et encore, je m'éveillais brusquement, en sueur. Je cherchais Val à mes côtés, comme si notre rupture faisait partie du cauchemar dont je venais de m'arracher. Très vite, la réalité réaffirmait mon malheur.

Cloué au matelas, je m'éternisais sous mes draps. J'aurais souhaité mourir dans mon sommeil et ne plus jamais avoir à me lever de mon lit de mort. Je me faisais pitié. J'étais aussi désemparé qu'un bambin puni pour une faute qu'il n'avait pas conscience d'avoir commise.

Les paroles de la mère de Valérie me hantaient: elle s'était juré de protéger la petite Desdemona de la mauvaise influence de Val et de «toute leur bande». De qui parlait-elle? De Lupin et de son groupe? Vaguement, je sentais que Nicole Marland détenait la clé de l'énigme. Mais je n'osais pas la rappeler…

À vrai dire, je refusais tout contact avec quiconque en dehors des Lemelin. Je ne répondais à aucun coup de fil, ne rappelais personne, pas même Philippe. Je n'écoutais ni radio ni disques, tourmenté par la conviction que la moindre chansonnette parlait de Val et de moi.

Durant tout ce temps, je ne touchais pas à ma guitare. Quelquefois, j'en ouvrais l'étui puis je reculais vers mon lit et je passais des heures à la regarder. On aurait dit que j'attendais qu'elle saute d'elle-même dans mes bras.

Je fermais les yeux par moments et je me concentrais, dans l'espoir d'entendre ne serait-ce qu'une bribe de mélodie. Hélas, mon esprit était tout entier livré au silence boulimique qui semblait vouloir tout engloutir: moi, ma chambre, la maison, la ville et l'univers entier.

Pour échapper à ce néant, il m'arrivait de prendre papier et stylo. Je n'essayais pas d'écrire des chansons, car je savais bien que je n'y arriverais jamais sans entendre de musique d'abord. Je m'appliquais plutôt à écrire. Je rêvais d'expédier à Val une longue lettre pleine de lumière et de lyrisme, qui l'obligerait à me laisser revenir dans sa vie.

Invariablement, je finissais par chiffonner en boule mes pitoyables missives tachées de larmes.

J'avais connu des peines d'amour, mais

jamais un tel accablement. Les Lemelin avaient beau me répéter les clichés usuels, «une de perdue, dix de retrouvées», le blabla qu'on sert aux Roméos éconduits, pas moyen de me remonter le moral.

J'étais en passe de devenir un ermite, un chien méchant qu'il était préférable d'éviter sous peine d'être mordu. Quand, exceptionnellement, il m'arrivait de m'aventurer hors de ma tanière, je me répétais qu'il valait mieux fuir les endroits où je risquais de croiser Valérie.

Malgré tout, mes pas me ramenaient toujours vers sa rue, vers son immeuble, que j'épiais à longueur de soirée, dans l'espoir qu'elle m'invite à monter. S'il avait fait moins froid, j'aurais passé mes nuits devant chez elle, à guetter ses allées et venues, à vérifier l'heure à laquelle elle éteignait, si elle se couchait seule ou pas…

Un soir, j'ai trouvé l'audace de frapper à sa porte. À mon grand déplaisir, Roger Lupin m'a répondu. Debout dans l'embrasure, il ne m'a cependant pas laissé entrer.

— Il faut que je parle à Valérie, ai-je dit, d'une voix que je voulais pleine d'assurance.

J'ai fait mine de l'écarter de mon chemin, mais le corpulent avocat m'a repoussé.

— Tu n'as pas encore saisi le message? Valérie ne veut plus te voir. Elle commence à comprendre qui elle est et n'a surtout rien à faire d'un fauteur de troubles comme toi.

— Très bien. Qu'elle vienne me le dire elle-même.

Roger Lupin a eu un sourire méprisant.

— Elle te l'a déjà dit, il me semble.

— Et ça vous réjouit, j'en suis sûr…

— C'est là que tu te trompes, mon gars. Dans la mesure où tu ne nuis pas au développement de Valérie, tu m'indiffères totalement…

Après un moment d'hésitation, j'ai encore cherché à repousser ce cerbère, mais il m'a bousculé avec davantage de force.

— Je te le répète pour la dernière fois: j'ai des projets pour son avenir. Si tu tentes de les entraver, je me verrai dans l'obligation de t'écraser comme l'insignifiante larve que tu es!

Dans ses yeux brillait une lueur malsaine, qui trahissait son animosité à mon égard. J'ai baissé les bras. Je suis retourné chez moi, la mort dans l'âme, en me promettant bien de me venger de ce salaud que je tenais pour responsable de tous mes malheurs.

***

À l'approche de la période des examens, j'ai dû me résigner à faire acte de présence à quelques cours. Au collège, depuis ma rupture avec Valérie, les calomnies sur son compte allaient bon train. Et bien entendu il se trouvait toujours une âme charitable pour me colporter les plus savoureux de ces ragots.

Par exemple, Val aurait été arrêtée pour conduite en état d'ébriété et aurait proposé aux policiers de coucher avec eux s'ils la laissaient repartir. Ou encore, gelée comme une balle de neige, elle serait grimpée sur une table d'un bar empli de motards pour effectuer un striptease. Ou mieux, on l'aurait surprise en train de baiser avec un inconnu dans les toilettes du collège.

En public, j'écoutais ces histoires, réelles ou inventées, en affectant une indifférence glaciale qui ne dupait personne. En privé, je m'abîmais dans un torrent de larmes. Imaginer la fille que j'aimais dans les bras de Lupin ou d'un autre, de cinq autres, de dix autres, était au-dessus de mes forces.

Aux yeux de beaucoup de gars, Étienne Lemelin le premier, je m'étais couvert de ridicule en m'imaginant pouvoir établir une relation stable avec Valérie. J'en arrivais à me dire que la pire gaffe que j'avais commise dans ma courte vie avait été de tomber amoureux d'elle.

Étienne, en tout cas, était de cet avis et ne s'en cachait pas. Pendant des semaines, il aura vraiment tout essayé pour secouer ma torpeur. Lui qui pourtant n'appréciait pas Brel, il s'est mis à me tenir un discours très similaire à celui du Grand Jacques dans la chanson *Jef*. Selon Étienne, il fallait que j'arrête de me morfondre, de pleurer bêtement parce que Valérie m'avait laissé tomber...

Un soir, sa copine Caroline et lui ont réussi à me convaincre d'aller boire un coup à l'Undergound. Je me suis soûlé la gueule tant et si bien que j'ai vomi mes tripes partout dans le bar, au plus grand dégoût de ce vieux Norbert et de ses clients. Étienne a dû user de toute sa force pour me ramener à la maison contre mon gré.

Le lendemain, Caro ne m'adressait plus la parole, à cause des injures que je lui avais crachées au visage dans ma soûlographie. Je n'en gardais moi-même aucun souvenir et, franchement, je m'en contrefichais pas mal.

Étienne pour sa part ne l'entendait pas

ainsi. Jusque-là, il s'était montré patient et compréhensif, en souvenir des jours où je l'avais aidé à traverser des chagrins du même type. Cette fois, j'avais dépassé les bornes.

— Tu ne te vois pas aller, Potel: tu es grotesque! m'a-t-il crié en m'empoignant par les épaules. Tu te complais dans la déprime! Secoue tes puces, mon vieux! Elle t'a laissé tomber, et puis après? La terre continue de tourner. Arrête ton numéro de coeur criblé de flèches empoisonnées et prends sur toi, christ!

— Étienne, calme-toi! a fait sa mère, en s'interposant entre nous. Hurler n'arrangera rien! Laisse-lui le temps…

Étienne avait raison: il fallait que je me ressaisisse! J'avais atteint le fond du baril. Et comme dit un vieil adage, une fois descendu aussi bas, il n'y a plus d'autre choix que de remonter.

***

Tandis que je marchais, la pluie verglaçante s'est transformée en une neige fondante, la première de la saison, qui s'accumulait sur le toit des voitures et rendait la chaussée luisante et glissante. Dans les cônes de lumière sculptés par les lampa-daires, les flocons tournoyaient comme un essaim de mouches folles. J'ai remonté le col de mon imper, grelottant.

Je n'avais pas téléphoné pour m'annoncer. Par bonheur, du trottoir, j'ai aperçu de la lumière dans le salon. En m'ouvrant, Philippe a paru surpris mais n'a pas hésité à me faire entrer.

— *Sweet Lord*, tu es trempé jusqu'aux os! Viens, sors de ces vêtements tout de suite avant d'attraper ta mort…

Aussitôt dit, aussitôt fait. Emmitouflé dans un peignoir molletonné, je me suis assis au salon, les mains jointes autour d'une tasse de thé Earl Grey. Rien qu'à humer le parfum de bergamote, je sentais mes frémissements se calmer d'eux-mêmes.

J'aimais beaucoup l'appartement de Phil, rangé comme un intérieur de vieux garçon maniaque. Cet ordre impeccable faisait un heureux contraste avec mon désarroi. Sur le lecteur tournait un disque d'opéra, pour faire changement.

— Qu'est-ce qui joue?

— Christoph Gluck: «J'ai perdu mon Eurydice», tiré de son *Orphée*, a répondu Phil, sa voix dominant le ronronnement de la sécheuse automatique. Un air tout à fait indiqué, n'est-ce pas?

En effet. À un point tel, même, que je me suis demandé s'il n'avait pas mis ce CD à dessein, pressentant ma visite.

— Tu es au courant?

— *Of course*. Tu es une star, Django. Comme tout le monde, je suis les déboires des vedettes du showbiz…

J'ai souri malgré moi. Son humour pince-sans-rire avait toujours su me dérider. En prenant une gorgée de thé, je me suis brûlé.

— *Easy*, tu as besoin de ta langue pour poursuivre ta carrière.

Il m'a rejoint sur le sofa, tenant dans une main sa tasse de thé et esquissant de l'autre des mouvements qui suivaient la mélodie.

Avec la télécommande, il a ajusté les basses fréquences.

— Écoute, mon garçon. Écoute la conjonction entre mélodie et paroles, entre mouvements musical et dramatique! Une pure merveille, cette capacité qu'avait Gluck de fusionner des éléments disparates en un tout homogène et vrai, poétique et réaliste. C'est ça, l'art, Django: transcender le matériau, s'élever au-dessus de l'expérience commune, sortir de soi!

J'ai laissé s'achever l'aria. J'accusais encore les contrecoups du sermon d'Étienne et je n'avais surtout pas envie qu'on me fasse la morale. J'avais juste besoin de crever l'abcès, de faire sortir le méchant.

Les mots me sont venus graduellement. Ils ont d'abord trébuché sur mes lèvres, comme des ivrognes, puis ils se sont précipités en rafales de mitraillette.

Phil ne m'a pas interrompu une seule fois. Il m'a écouté attentivement, se contentant de hocher la tête en sirotant son thé. Et même après que j'eus fini de me vider le coeur, il a gardé le silence pendant un long moment, histoire de me permettre de retrouver mon souffle.

Des spasmes violents me parcouraient. J'ai serré les poings. Je ne voulais plus pleurer, il me semblait avoir versé toutes les larmes de mon corps au cours des dernières semaines. Mais le chagrin a embrumé mon regard, et j'ai craqué.

J'ai enfoui ma tête entre mes bras croisés sur mes cuisses. Sans dire un mot, Phil m'a entouré des siens et m'a serré très fort. C'était exactement ce dont je rêvais, sans avoir le courage de le réclamer: pas de procès, de sermon, ni de réprimande, juste du réconfort, de la compréhension.

— *It's okay, young man*, m'a-t-il susurré. Inutile d'avoir honte de tes sentiments. Tout ça fait partie de l'apprentissage de l'existence…

Longtemps, j'ai continué à hoqueter dans ses bras, comme un gamin dans l'étreinte de son père.

***

Son de l'opéra de Gluck. Du fait de vieillir, de changer. Des amitiés qui naissent et s'éteignent, tels des feux de joie. Des amours qui ne sont jamais ce que l'on voudrait qu'elles soient. En abordant ce sujet, Phil engloutit le contenu de sa tasse d'une traite. Une grimace tordait ses traits, comme si des souvenirs désagréables avaient ressurgi en lui.

Pendant un instant, j'ai cru qu'il allait m'en révéler un peu plus sur son passé, mais ses propos sont restés comme toujours très vagues en ce qui concernait les circonstances qui l'avaient rendu à ce point désabusé. L'heure des confidences n'avait apparemment pas encore sonné. Nous avons plutôt parlé de musique, puisque c'était l'une de nos passions communes, malgré nos préférences souvent divergentes.

En fin de soirée, Phil a suggéré que nous regardions le journal télévisé, selon son habitude. Qui étais-je pour déranger les rituels d'un célibataire endurci? De toute manière, j'avais décidé de réintégrer le monde des vivants, alors autant commencer par en évaluer l'état.

Comme de raison, Phil a choisi une chaîne anglophone. Sur un ton enjoué, une présentatrice asiatique enfilait des manchettes résumant les grandeurs et les misères de la vie sur cette petite planète.

Histoire de revendiquer son titre de champion du cynisme, Phil a agrémenté ce chapelet d'informations tantôt gaies, tantôt graves, de pointes sarcastiques que j'accueillais avec un rire jaune.

Soudain, un visage dans le coin de l'écran m'a coupé toute envie de rigoler. Selon la lectrice, on avait trouvé dans une ruelle de Montréal la peau ensanglantée de Larry Talbot, ce Jeannois disparu au début de l'automne.

Comme les autres victimes, le jeune Talbot avait été écorché, et son cadavre n'avait pas été retrouvé. Cette macabre découverte, concluait la speakerine, portait à au-delà d'une centaine le nombre de jeunes qui avaient connu un pareil sort aux États-Unis et au Canada au cours des douze derniers mois.

Travaillant en étroite collaboration avec des collègues américains, les policiers montréalais n'écartaient pas l'hypothèse que ces crimes soient l'oeuvre d'une secte d'illuminés.

J'ai suivi le reportage en frémissant, incapable d'articuler un mot.

— *What's the matter*, Django? s'est inquiété Phil. On dirait que tu viens de voir un fantôme ou quelque chose...

Et comment! Ce Larry Talbot dont on venait de trouver l'enveloppe, je reconnaissais son visage. J'avais vu son portrait dans l'album de photos de Roger Lupin!

Chapitre 9

Un vrai paysage de tempête

Revenu du choc, j'ai d'abord tenté de téléphoner à Valérie, mais je suis encore tombé sur ce satané service de réponse. Phil m'a recommandé de me calmer; après tout, je ne possédais aucune preuve de ce que j'avançais. Je n'en démordais pas: Lupin était mêlé de près ou de loin à la disparition et à la mort d'une vingtaine de jeunes, juste au Québec.

Cela signifiait que Val courait un terrible danger!

Phil a accepté de me conduire chez elle; ainsi, il pourrait m'empêcher de faire des conneries. Tels Batman et Robin descendant à la batcave, nous nous sommes précipités au stationnement. La Ford de Phil n'avait cependant rien d'un bolide de justicier masqué. Engourdie par des semaines d'inactivité, elle a toussoté comme une vieille dame enrhumée avant de démarrer pour de bon.

Au cours de la soirée, l'averse s'était carrément métamorphosée en blizzard. Le vent soufflait vers la voiture des pelletées de neige, presque de la grêle, avec force et insolence. Dans cette tempête, on ne voyait pas plus loin que deux ou trois mètres devant le nez du véhicule.

En digne automobiliste du dimanche, Phil n'avait pas anticipé un hiver prématuré et n'avait pas encore remplacé ses pneus d'été par des pneus à neige. Il lui était donc impossible de conduire vite dans nos rues devenues des patinoires. En silence, je pestais contre cette prudence qui nous retardait, bien conscient de sa nécessité. Après tout, en quoi serais-je utile à ma bien-aimée si je mourais dans un accident d'auto…

Les essuie-glaces livraient une lutte acharnée contre la neige qui menaçait d'obscurcir tout le pare-brise. Le trajet me semblait s'éterniser. Coeur battant, je pianotais sur le tableau de bord pour tromper l'impatience.

— *Take it easy*. Nous y sommes presque,

m'a annoncé Phil, avec le flegme d'un lord britannique.

Après un dernier tournant, j'ai reconnu à travers les bourrasques l'immeuble de Valérie. À peine l'auto s'était-elle immobilisée dans le stationnement que déjà j'ouvrais la portière pour bondir vers le perron. Pas de lumière à l'étage. J'ai gravi quatre à quatre les marches jusqu'à sa porte.

J'ai cogné. Pas de réponse. Encore et plus fort. Je me fichais bien de réveiller les voisins. Toujours rien. J'ai hésité un moment. La serrure n'était pas très solide, je l'avais souvent fait remarquer à Val. Au diable son proprio! J'ai pris un peu de recul et j'ai donné un grand coup avec le plat du pied contre la porte, un deuxième puis un troisième.

Sous cet assaut, la porte a grincé un peu, mais elle a tenu bon.

Décidément, je ne me qualifierais pas cette année dans la catégorie des superhéros!

— Rappelle-moi de ne plus me lancer à la poursuite de jeunots fringants dans des escaliers aussi raides! haletait Phil, en arrivant à l'étage. *What the hell are you doing?*

— Val ne répond pas. J'enfonce la porte pour voir si elle est là et, si oui, dans quel état…

J'allais d'ailleurs tenter ma chance de nouveau, mais Phil s'est interposé.

— Procédons avec logique, a-t-il avancé, en se penchant vers le paillasson. On parie qu'elle n'a pas perdu l'habitude de te laisser ici le double de sa clé?

Sacré Phil! Il avait raison. La porte déverrouillée sans peine, nous avons fait irruption dans le studio. La lumière blême du dehors filtrait entre les lattes des stores de la porte-fenêtre. J'ai appelé Val, sans résultat. En tâtonnant dans le clair-obscur, j'ai trouvé le rhéostat de la lampe halogène sur pied.

Pas de Valérie en vue, ni endormie ni morte écorchée. J'ai poussé un soupir de soulagement. Mais elle n'était pas encore sortie du bois, bien au contraire.

…*Sortie du bois*, bien sûr! Je me suis soudain rappelé que les ateliers se déroulaient dans un chalet en dehors de la ville!

— Je connais l'endroit, a déclaré Phil. C'est l'ancien camp des louveteaux; la municipalité le loue pas trop cher pour des noces, des réceptions…

— …Ou des messes noires! ai-je complété. Allons-y, on n'a pas une seconde à perdre!

Avant que Phil et moi nous élancions vers

la sortie, une voix masculine nous a fait sursauter. La lumière du corridor découpait dans le cadre de la porte la silhouette d'un homme en pyjama, à demi endormi. Probablement un voisin de Valérie, attiré par le vacarme.

— Qu'est-ce que vous foutez ici-dedans? a-t-il jappé, tel un chien de garde. Vous êtes qui, d'abord? Je vais appeler les flics!

— Excellente idée! ai-je approuvé en l'écartant de mon passage. Tant qu'à y être, dites-leur de filer sans tarder vers l'ancien camp des louveteaux. Une question de vie ou de mort!

***

Nous roulions dans un silence habité uniquement par le sifflement du vent et le grondement du moteur. Il ne neigeait presque plus, mais la poudrerie cinglait les portières de la voiture. Des nuées de sel tourbillonnaient dans l'éclat des phares. À croire que les éléments conspiraient pour m'empêcher de délivrer mon adorée des griffes d'un fou dangereux nommé Roger Lupin!

En pensée, je revivais les rares moments où j'avais côtoyé le personnage. Toujours courtois, prompt à multiplier les générosités à droite et à gauche... en attendant de vous faire la peau, au sens propre comme au figuré! Paradoxalement, je me réjouissais un peu de la tournure inattendue des événements; elle justifiait mon aversion instinctive pour ce monstre, éprouvée dès notre première rencontre!

Les maisons se raréfiaient au fur et à mesure qu'on s'éloignait du centre-ville. De chaque côté de la route, l'urbain cédait la place aux vastes champs non cultivés et à la forêt aux arbres nus.

Phil avait roulé sur l'autoroute, mais il avait vite bifurqué sur un chemin de terre battue et de gravier. Cette route montait vers la propriété municipale qui servait de théâtre aux activités malsaines de Lupin. Ici, la forêt se faisait plus dense: bouleaux, érables et énormément de conifères.

Après un passage dans une clairière au milieu de laquelle une cabane de bûcherons abandonnée croulait sous le poids des ans, puis une interminable montée à travers un boisé touffu, nous arrivions enfin en vue du chalet.

Comme en témoignait son architecture, en dépit de récents travaux de réfection, l'ancien camp des louveteaux datait d'une trentaine d'années. Érigé à flanc de colline, il étalait ses pierres des champs sur deux étages et tournait le dos à la forêt pour présenter sa façade vitrée au chemin de terre où s'alignaient une demi-douzaine de voitures, dont la Corrado de Me Lupin.

Par précaution, Phil a éteint ses phares et s'est rangé en bordure de la route, à une centaine de mètres du bâtiment. Il valait mieux qu'on ne nous entende pas venir: au moins, nous bénéficierions de l'effet de surprise, un mince avantage, j'en conviens.

À deux passagers par voiture, le gang de Lupin comptait au moins douze personnes. Et à en juger par le traitement qu'ils avaient infligé à leurs victimes, il ne s'agissait pas d'enfants de chœur!

— *Well, my friend, here we are*, a soupiré Phil, qui ne souscrivait toujours pas à mon hypothèse sur le sens du développement individuel selon Roger Lupin.

Sans un mot de plus, nous sommes sortis de la vieille Ford et nous nous sommes dirigés vers le chalet. Pour faire exprès, j'ai marché dans une flaque pleine de boue. Réprimant un juron, j'ai poursuivi mon chemin; ce n'était pas le moment de me soucier de mes chaussettes sales!

Le ciel s'était dégagé peu à peu, et la forêt nous abritait du vent. Entre les arbres, on apercevait une pleine lune frileuse qui tentait de retenir autour d'elle son édredon de nuages violets. Du fond de la nuit retentissaient des hurlements de chiens sauvages. J'ai frissonné. Des coyotes? Des loups?

Pourtant, on n'en trouvait guère au Saguenay. Une pénurie de gibier aurait-elle incité une meute à remonter au nord? Phil n'avait pas menti, il connaissait bien l'endroit, pour y avoir déjà amené des élèves lors d'un weekend d'écolos. À sa suggestion, nous avons contourné le chalet pour emprunter la porte arrière.

Par bonheur, elle n'était pas verrouillée. Nous sommes entrés, en prenant bien soin de ne pas faire de bruit. Sur la pointe des pieds, nous avons traversé le corridor central jusqu'à la mezzanine qui surplombait le rez-de-chaussée.

En un coup d'oeil, j'estimais à une dizaine le nombre de personnes dans la salle à manger qui occupait la partie avant du chalet. Ils avaient écarté les meubles, sauf trois ou quatre tables, qu'ils avaient assemblées au centre de la pièce sous une nappe blanche. De toute évidence, l'îlot où trônaient sept chandeliers à sept branches faisait office d'autel.

— Mais qu'est-ce qu'ils fabriquent? ai-je murmuré, sans même me rendre compte que j'avais ouvert la bouche.

— *God knows what*, a susurré Phil. Chose certaine, ils ne sont pas réunis pour une démonstration de produits Tupperware!

Regroupés en cercle autour de l'autel, les participants portaient une tunique de coton blanche, à l'exception de Lupin, qui avait revêtu un uniforme plus élaboré; celui du Grand Prêtre, ai-je présumé. Tous arboraient cependant le même emblème, une pleine lune en satin bleu brodée sur la poitrine. Comment s'appelait cette secte? me suis-je demandé, plus cynique que Phil à ses meilleurs moments: l'Ordre du Temple lunaire?

Je cherchais Valérie mais ne l'apercevais nulle part. Lui était-il déjà arrivé malheur? Ma position ne me permettait pas de voir tout ce beau monde.

Le cérémonial me semblait grotesque et incongru. Lupin psalmodiait un charabia dans une langue que je n'arrivais pas à identifier. À intervalles réguliers, les autres ponctuaient en choeur son soliloque par une exclamation rituelle.

J'observais avec le sentiment d'assister à

un spectacle interdit au commun des mortels. J'avais chaud: la sueur ruisselait sur mon front, sur ma nuque.

Au bout d'un temps, tous ont fermé la bouche pour unir leurs voix en une mélopée sourde, un bourdonnement monotone venu du fond de la gorge. Le cercle d'officiants s'est momentanément scindé pour laisser passer quatre jeunes gens entièrement nus, deux gars et deux filles.

À leur démarche de zombis, j'en ai déduit qu'ils étaient drogués. Dès qu'ils se sont allongés sur le vaste autel, les bras collés contre le corps, de manière à constituer les quatre branches d'une croix, j'ai vu leurs traits irradiés par la lumière des chandelles.

En reconnaissant la blonde parmi eux, j'ai tressailli.

— Valérie! ai-je failli crier, mais heureusement Phil a eu le réflexe de plaquer sa main sur ma bouche.

— Du calme. Voyons ce qu'il va se passer.

Le volume du chant ne cessait d'augmenter. Roger Lupin s'est raidi en déployant ses bras, paumes ouvertes vers le ciel. Les chandelles lui balayaient le visage d'une lueur presque surnaturelle. Il a incliné la tête vers l'arrière, et sa voix s'est élevée, lointaine, plus grave et caverneuse que jamais.

L'une de ses fidèles lui a alors remis un fourreau de cuir rigide duquel il a dégainé un long coutelas au manche sculpté, ornementé de joyaux bleutés et coiffé d'un pommeau en forme de tête de loup. Je refusais l'évidence de ce qui allait se passer sous mes yeux. L'horreur m'avait bâillonné et pétrifié sur place.

Après avoir esquissé d'invisibles dessins avec le coutelas, Lupin fit descendre la lame vers la cuisse de l'un des jeunes hommes couchés devant lui. En récitant une formule sacrée, il a appuyé délicatement du bout du coutelas sur la peau du garçon, jusqu'à ce que la lame perce une boursouflure marquée d'une tache de naissance en forme de pleine lune bleue…

J'ai serré les dents. Avec la précision d'un chirurgien, Lupin a pratiqué une légère incision à la surface de l'épiderme du garçon et l'a allongée du milieu de la cuisse jusqu'à la poitrine. Des filets de sang ont ruisselé par la longue entaille, dont les lisières se soulevaient par à-coups, suivant les inflexions du chant de la chorale.

Roger Lupin s'est éloigné du jeune homme et a marché vers Valérie, ma Valérie, innocente et offerte comme une vestale, portant sur le sein gauche la marque qui la destinait à l'immolation. Tendrement, il lui a passé la main sur le visage en chuchotant un mot doux, un adieu peut-être. Puis, il a élevé la lame au-dessus de sa tête, répétant les gestes de tout à l'heure.

— Non! ai-je hurlé à pleins poumons.

Tant pis, je ne pouvais plus attendre l'arrivée des policiers. Retrouvant l'usage de mes membres, je m'apprêtais à sauter du haut de la mezzanine pour me jeter sur Lupin, lui arracher sa machette et la lui enfoncer dans la gorge. Avant même que je me sois approché du garde-fou, quelqu'un m'avait attrapé par derrière et immobilisé avec une prise de lutte.

— Reste tranquille, mon garçon. Je ne voudrais pas te faire mal. Tu ne peux rien pour elle; Valérie a choisi sa voie. Ce sera d'ailleurs bientôt à ton tour de faire de même…

Je n'en croyais pas mes oreilles: Phil!

Chapitre 10

Mon corps en tourmente

Une fois revenu de ma surprise, j'ai rué autant que j'ai pu pour me libérer de cette étreinte. J'ai essayé de frapper mon adversaire à coups de pied ou de coude... Rien à faire! La prise de Philippe Berger était plus serrée qu'un étau.

En m'entendant crier, Lupin et les autres officiants avaient levé momentanément les yeux vers la mezzanine. Maintenant assurés que leur acolyte saurait me maintenir hors d'état de nuire, ils poursuivaient leur cérémonie comme si de rien n'était.

— Phil, qu'est-ce qui te prend? Tu es devenu fou ou quoi?

— *No, my young friend*. Mais je ne peux pas te laisser ruiner le baptême de Valérie. Ta copine a choisi sa voie de son plein gré. Nous ne faisons que l'aider à atteindre un plan supérieur de l'existence…

Je n'entendais rien à ses élucubrations ésotériques. Tout ce que je comprenais, c'est que Roger Lupin s'apprêtait à charcuter la fille que j'adorais par-dessus tout et que celui que j'avais tenu pour mon père, mon meilleur ami, mon confident, m'empêchait de la sauver.

En bas, le chant monotone avait repris de plus belle. Armé de son coutelas, Lupin a tailladé la peau de Val, de la pleine lune bleue saillante sur son sein gauche jusqu'à son bas-ventre. Comme celle de son voisin, la plaie de Valérie s'est mise à palpiter, au gré des inflexions du chant des célébrants.

— Vous ne vous en tirerez pas comme ça! les menaçais-je. La police sera ici d'un instant à l'autre; vous êtes fichus!

Mon vieux prof d'anglais a ricané doucement, d'un rire à la fois attendri et un rien dédaigneux.

— À ta place, je ne compterais pas trop là-dessus, mon garçon, a-t-il déclaré, en resserrant sa prise. Tandis que tu courais comme un fou hors du studio de Valérie, j'ai expliqué au voisin que tu étais son ex, qu'elle t'avait plaqué depuis peu et que tu le prenais mal. Le bonhomme a accepté mes excuses et a consenti à passer l'éponge, à condition que ça ne se reproduise plus…

Pour une douche froide, c'en était toute une! Voilà que mes espoirs s'envolaient soudain, comme la chance au jeu! À quoi bon lutter? Les dés étaient pipés, et la partie jouée d'avance. Ne passez pas par la case *Go!*, ne réclamez pas 200 $ et allez droit en enfer!

Un changement de tonalité dans la mélopée a signalé la fin de la première partie de la cérémonie. Sérieux comme un pape, Roger Lupin a embrassé le plat de la lame où se mêlait le sang de ses prochaines victimes puis a remis le coutelas à l'un de ses sous-fifres, qui l'a essuyé et rangé dans le fourreau.

Une écoeurante odeur de boucherie envahissait l'air du chalet. Des haut-le-coeur faisaient remonter dans ma gorge des vagues de bile. Le plus effrayant à mes yeux, c'était que ni Val ni aucun des autres adolescents étendus sur l'autel n'avaient émis la moindre plainte tandis qu'on les découpait comme du bétail à l'abattoir…

Yeux clos, Lupin a joint les mains sous son nez, paume contre paume. Le grondement des célébrants est devenu plus aigu. Les futurs cadavres ont commencé à osciller, soumis à des vibrations ultrasoniques. Leurs plaies se sont agrandies; leurs peaux se sont enroulées, découvrant muscles et tissus internes. La viande sanguinolente bouillonnait comme sous l'effet d'une flamme invisible.

Je combattais une terrible envie de vomir. Partagé entre l'écoeurement et la fascination, j'étais incapable de détourner le regard de la scène. Je crois bien que, même si Phil m'avait libéré à ce moment, je serais resté là, à contempler ce tableau surréaliste.

Soudain, les amas de chair sanglante se sont métamorphosés en éblouissantes braises d'un bleu tirant sur le violet. Les carcasses de Valérie et de ses trois malheureux compagnons se sont aplaties d'un coup, comme des poupées dégonflées. Au-dessus des enveloppes vides flottaient quatre nuées fluorescentes, dont les teintes variaient de l'ultramarin au bleu poudre.

La tête de Roger Lupin a basculé en arrière. Esquissant un sourire carnassier à mon endroit, il a poussé un hurlement pareil à celui d'un loup. À ce signal, tous les officiants se sont défaits de leur tunique blanche en hurlant à leur tour comme des chiens fous. Puis, avec leurs ongles, ils ont déchiré la peau de leurs poitrines, découvrant les nuées kaléidoscopiques qui illuminaient l'intérieur de leur thorax.

C'était comme la fresque dans mon cauchemar, seulement en beaucoup plus effrayant parce que, cette fois-ci, c'était réel. Bientôt, le plancher du salon fut jonché de peaux humaines, semblables à des pelures de pommes de terre, et le chalet rempli de ces essaims de lucioles d'outre-monde.

Affranchies de leurs liens charnels, désentravées, les créatures apparemment constituées d'un improbable mélange de matière et d'énergie pure se déplaçaient dans l'air. Défiant l'emprise de la gravité sans effort apparent, elles embrasaient l'intérieur du chalet de leurs éclats chatoyants.

Malgré mes réticences à l'admettre, je trouvais ces phénomènes, nés d'un acte de barbarie, d'une beauté céleste!

— *Yes, aren't they just a beauty to behold*, s'est extasié Philippe Berger, dont j'avais presque oublié la présence.

Enfin, il avait relâché son étreinte et pris un léger recul.

— Qui sont-ils? D'où viennent-ils? bredouillais-je, éberlué.

— Pas «ils», Django: nous, a rectifié Phil, le visage transfiguré par la lumière émanant des êtres qui virevoltaient autour de nous. Toi aussi, tu es l'un de nous, mon fils. Inutile de lutter contre ta propre nature… Regarde, a-t-il ajouté en pointant son doigt vers mon avant-bras.

Une brûlure cuisante a attiré mon attention sur ma tache de naissance boursouflée. Elle aussi avait adopté la forme d'une pleine lune bleue et palpitait, comme si une bête minuscule tentait d'en sortir. D'instinct, j'ai serré mon poignet enflé avec mes doigts pour apaiser la douleur.

J'ai levé les yeux vers Philippe, qui me tendait la main, comme à un enfant qu'on veut encourager à risquer ses premiers pas. Le ballet de nuées lumineuses m'étourdissait. Je n'arrivais plus à ordonner mes pensées.

Tout à coup, sans qu'il ait à me fournir la moindre explication, j'ai tout compris. La présence de ces êtres autour de moi avait-elle réactivé ma mémoire ou étaient-ce eux qui me transmettaient ce savoir par télépathie? Je n'aurais su le dire. Toujours est-il qu'en un éclair j'ai tout su d'eux, de moi.

Ces feux follets cohabitaient avec la race humaine depuis des siècles, en évitant tout contact avec elle. Au cours des vingt dernières années, des modifications dans l'atmosphère dues à la détérioration de l'environnement avaient forcé un certain nombre d'entre eux à prendre un corps. Ils avaient fécondé des femmes afin d'engendrer des hybrides adaptés aux nouvelles conditions de vie sur la planète.

De ces unions mixtes étaient nés des mutants qui passaient la première partie de leur existence – le stade larvaire, pour parler crûment – sous forme humaine. Des mutants comme Larry Talbot, Valérie ou moi. Les dérèglements hormonaux de l'adolescence, plus violents chez nous que chez l'humain, agissaient comme catalyseurs de notre évolution. Dès que nous atteignions cet âge, nous étions contactés par le biais de notre inconscient.

Nos rêves devaient nous faire prendre graduellement conscience de notre véritable nature… Dès lors, il nous fallait choisir entre vivre parmi les humains ou abandonner à jamais nos enveloppes charnelles pour rejoindre les nôtres.

C'est là qu'intervenaient des hérauts, des guides spirituels tels que Philippe, Lupin ou les membres de son équipe. Sortes d'agents doubles, eux seuls étaient dotés de la faculté de passer à volonté d'une forme à l'autre. Ils usaient de ce pouvoir pour traquer les mutants et les accompagner au fil de leur irréversible transition vers la maturité, quelle que soit la forme d'existence choisie.

— Mais cette cérémonie?

— Oh! de la mise en scène pour épater les recrues! a grincé Philippe. Lupin a toujours eu le goût du théâtre; ce n'est pas par hasard s'il s'est fait passer pour un avocat…

J'en avais le vertige. Mon pauvre esprit n'arrivait pas à digérer toutes ces informations. Philippe a voulu se montrer rassurant: à l'en croire, tout me paraîtrait beaucoup plus simple, une fois délivré de ma prison de chair.

— Joins-toi à nous, Django, me répétait-il, main tendue. Extrais-toi de ce carcan gênant qui restreint les mouvements de l'âme. Sors de toi!

J'hésitais. Je ne connaissais rien d'autre que cet univers, ses grandeurs et ses bassesses, ces peines qui ouvraient des puits sans fond sous nos pieds et ces menues joies qui faisaient office de bouées pour surnager…

Et l'on me demandait, à brûle-pourpoint, de le quitter pour un monde inconnu, avec pour seule garantie la promesse d'une vie meilleure!

J'avais entendu parler de ces vendeurs d'assurance qui offrent mer et monde, mais des émissaires du cosmos, alors là, jamais!

En d'autres termes, tout alléchante qu'elle ait pu paraître, la proposition comportait à mes yeux trop de variables inconnues pour s'avérer attirante.

Devinant ma réponse, Phil a secoué la tête, l'air désolé.

— Qu'est-ce qui cloche? Tu m'as dit que je suis entièrement libre de mon choix…

— *Indeed*. Mais ton refus pose un problème: maintenant que tu sais tout de notre existence, pouvons-nous te laisser retourner au monde des hommes?

Je n'aimais pas les implications de cette interrogation. Avant que j'aie cependant pu hasarder une réponse, le sifflement d'une lame m'a fait tressaillir. Un miraculeux réflexe m'a incité à m'incliner juste au moment où le coutelas sacré décrivait un arc à la hauteur de ma gorge.

— Lupin, non! a protesté Phil Berger.

— Ce jeune emmerdeur ne nous causera que des ennuis! a grogné l'avocat. Autant en finir avec lui une fois pour toutes!

L'étincelle maniaque dans le regard de Roger Lupin venait de me fournir la preuve que tout n'était pas parfait sur leur «plan d'existence»!

Autant il avait eu l'air méthodique et solennel comme un médecin quand il opérait les quatre «recrues», autant en fonçant sur moi, machette au poing, écume aux lèvres, il confirmait l'image que j'avais de lui.

Mon regard allait et venait de la lame à ses yeux fous, tandis que nous tournions en rond.

— Lupin, arrêtez tout de suite! a répété Phil, autoritaire.

Mais l'autre se fichait pas mal de ses ordres. Il a dardé son coutelas vers moi. J'ai pu esquiver le coup, de justesse. Profitant de ce moment où mon assaillant avait l'air déséquilibré, j'ai plongé sur lui dans l'espoir de le désarmer. Fausse manoeuvre qui m'a valu une profonde entaille à l'avant-bras. Roger Lupin et moi avons basculé contre le garde-fou, qui a cédé sous notre poids.

Nous sommes tombés du haut de la mezzanine, atterrissant avec fracas sur l'autel improvisé, renversant les chandeliers sur les nappes. Le dos en compote, sonné, j'ai vu que l'arme avait glissé des mains de Lupin et reposait parmi les débris de tables et les peaux ensanglantées.

Plus vif que lui, j'ai empoigné le manche. En poussant un cri sauvage, Lupin s'est jeté sur moi, ses mains visant mon cou. Ce faisant, il s'est empalé sur le couteau sacrificiel. Ses yeux se sont agrandis de stupeur au moment où la lame s'enfonçait jusqu'à la garde sous son sternum.

Je ricanais et pleurais à la fois, tandis qu'il s'abattait de tout son poids sur mon ventre. Entre nos corps, nos sangs s'entremêlaient. Étouffant sous la masse inerte, j'avais la sensation de perdre l'esprit. Au bout d'un effort concentré, j'ai réussi à l'écarter pour me relever, de peine et de misère.

Plié en deux, les mains sur les genoux, je contemplais le cadavre de Lupin, en cherchant à retrouver mon souffle. Je n'éprouvais plus de haine à son endroit, ni même de satisfaction à l'idée de sa mort. Juste un grand vide dans ma poitrine.

Mon répit serait de courte durée. Déjà, une demi-douzaine de feux follets fondaient sur moi. À en juger par leur teinte sombre, sinistre, ils s'apprêtaient sans doute à me servir des représailles.

Avant qu'ils m'aient cerné, cependant, l'un d'eux s'est déployé autour de moi, tel un bouclier. Au sein de ce nuage électrique, j'avais l'impression de baigner dans une matrice chaude et confortable.

Valérie.

Au milieu du tourbillon, j'étais envahi par une ivresse, comparable seulement au bien-être que je ressentais lorsque nous faisions l'amour, mais en plus intense encore. Je flottais, comme porté par la plus douce des mélodies, un air simple, un chant féerique aux accords chaleureux, qui parlait d'amour, simplement.

Pendant un instant, j'ai eu l'impression que Val me touchait, par-delà la matière, qu'elle me caressait l'âme.

Le nuage d'énergie qui était l'essence de Val a maintenu sa protection envers et contre les autres, jusqu'à ce que Phil leur ordonne de se disperser d'un geste impérieux de la main.

Les chandeliers renversés avaient éparpillé à travers la pièce des gerbes enflammées qui s'agrippaient aux rideaux, s'attaquaient aux vieilles chaises de bois et emboucanaient le salon. Cette fumée noire soulignait davantage les essaims de lueurs bleues; on se serait cru à un show rock!

Nullement effrayé par l'incendie naissant, Phil a baissé son regard désabusé sur le cadavre de Lupin. Le corpulent avocat s'était dégonflé, comme vidé de sa substance.

— Il est mort? ai-je bafouillé.

— Non, ni lui ni aucun d'entre nous ne peut mourir, du moins pas dans le sens où on l'entend généralement. Disons qu'il est passé sur un plan inférieur de l'existence… *Don't worry, though*, il ne t'embêtera plus, en tout cas, plus dans cette vie. Pars maintenant, puisque tu as choisi.

— Et toi?

— Sors d'ici, j'ai dit! a répété Phil, en me poussant.

Les flammes gagnaient en hauteur et en intensité. La fumée m'emplissait les poumons. Une main devant la bouche, j'ai fait quelques pas vers la sortie. Je me suis arrêté, je me suis tourné vers Philippe, stoïque au coeur de l'incendie.

Portant les mains à ses paupières, Phil s'est étiré la peau jusqu'à l'arracher carrément de son visage. Sous ce masque humain, un tourbillon de lumière indigo s'est élevé au milieu de la fumée noire, laissant sa carcasse désarticulée se ratatiner.

Toussotant, j'ai couru entre les bouquets cramoisis qui s'élevaient jusqu'à la mezzanine, embrasant toute la cabane aussi aisément que si elle était faite de bois d'allumettes…

Épilogue

Y'aura toujours des silences

Le temps que le premier camion de pompiers arrive sur les lieux, le feu avait déjà consumé la plus grande partie du chalet. Les sapeurs ont mis des heures à maîtriser les flammes, quoique leur souci principal ait été d'empêcher qu'elles se propagent au boisé avoisinant.

Les enquêteurs ont émis l'hypothèse d'un incendie criminel. On avait retrouvé dans les décombres du chalet suffisamment de restes humains calcinés pour en conclure que les adeptes des ateliers de développement individuel avaient commis un suicide collectif.

De peur de passer pour fou, je n'ai relaté

à personne les événements auxquels j'avais assisté ce soir-là. Par un appel anonyme, j'ai néanmoins conseillé à la police montréalaise d'aller visiter un certain immeuble du quartier industriel au sud-ouest de la ville. Ils y trouveraient, leur ai-je promis, des pistes suggérant un lien entre les adolescents disparus et Roger Lupin, de triste mémoire.

L'ancienne usine était entièrement vide, comme de raison, et depuis des années s'il fallait en croire les voisins. Quant à Me Lupin, personne au barreau n'en avait jamais entendu parler. Est-il besoin d'ajouter que nul n'en entendrait jamais parler?

De même, on n'a plus revu Philippe Berger, le professeur d'anglais, dont la voiture avait été retrouvée sur le chemin de l'ancien camp de louveteaux. Peu de gens ont cependant osé faire le rapprochement entre sa disparition et les événements qui s'étaient déroulés au chalet municipal. Malgré sa morgue d'aristocrate *british*, ce vieux Phil jouissait d'une réputation d'intouchable dans notre patelin.

Fait à signaler: il semble que des voleurs soient entrés par effraction chez lui, le soir de l'incendie. Selon le rapport de police, cité dans les journaux, les cambrioleurs n'auraient emporté que la discothèque, qui à elle seule valait une fortune. Quelque chose me disait qu'on ne retrouverait pas ces disques dans les boutiques d'occasion…

Pour remplacer Phil, la direction du collège a engagé un jeune prof, frais sorti de l'université. Dynamique, faisant preuve d'humour et d'entregent, le type de jeune branché terre-à-terre qui conçoit la langue comme un outil de communication plutôt que comme instrument poétique. Bof, les autres étudiants ne voient pas la différence, alors de quel droit me plaindrais-je?

De toute manière, les cours d'anglais ont perdu tout intérêt pour moi. Comme le reste, d'ailleurs.

Une fois, je suis retourné à Québec. Malgré mes recherches, je n'ai jamais retrouvé la mère de Valérie, ni sa fille Desdemona. À croire qu'elles n'ont jamais existé!

Nicole Marland avait-elle déménagé pour empêcher Lupin et ses semblables de mettre la main sur la petite Desdemona? Ou alors étaient-ce eux qui l'avaient fait disparaître après lui avoir enlevé sa petite-fille? L'enfant se révélerait-elle une mutante comme sa mère? Je ne le saurai sans doute jamais… Tant pis! Ou plutôt tant mieux, vu ma détermination à reléguer toute cette histoire aux oubliettes!

Je ne songe presque plus à Valérie et, le cas échéant, je me la remémore avec une certaine sérénité. Je ne lui tiens plus rigueur de ses tromperies, de ses excès. Le temps émousse bien des rancoeurs. Avec le recul, je comprends mieux qu'elle ait choisi de fuir coûte que coûte cette existence qui ne l'avait guère épargnée.

Au moins, je me suis remis à composer. Oh! rien qui semblerait transcendant aux yeux de Phil! Des chansons simples qui disent le mal de vivre sans tomber dans l'autoflagellation. Si j'en crois Étienne, Norbert et les autres, je m'améliore de jour en jour.

Seule concession à la nostalgie, je travaille à reconstituer cet air dont Valérie a empli ma conscience à notre dernière rencontre. Je garde l'espoir de recréer un jour la splendeur de cette mélodie, remède idéal contre ces silences qui menacent de m'engouffrer à tout moment…

Je n'y arriverai probablement pas avant d'avoir gagné en maturité, comme dirait Phil. Soit. Je ne suis pas pressé. J'ai toute une vie, ma vie, devant moi.

Note de l'auteur

Ainsi que le laisse entendre le chapitre 5, ce roman s'inspire librement de la chanson *L'appel des loups* écrite par mon amie auteure-compositeure-interprète Christiane Raby. Cette pièce figure, en version *a capella*, sur le premier album du groupe vocal la Bande Magnétik, dont Christiane faisait partie, et sera sans doute reprise sur le futur disque solo de Christiane. Voici le texte intégral:

J'avais rencontré mon loup
Moi qui avais quitté les miens
Et pourquoi deux loups se rencontrent

Dans l'univers je n'en sais rien
On a vécu dans l'underground,
Dans ce qu'y a de plus souterrain
On se croyait tout seuls au monde
Et on l'était, croyez-le bien

Et on faisait l'amour, et on faisait la
guerre
Et aussi des silences qui ressemblaient
au désert

Alors on a fait un voyage
Dans la plus grande ville du monde
C'était un drôle de pèlerinage
Entre richesses et décombres
Et au retour de ces noces
Lorsque l'on s'est regardés
Il n'y avait plus que des images
Auxquelles on voulait ressembler

Et on faisait l'amour, et on faisait la
guerre
Et aussi des silences qui ressemblaient
au désert

Quand j'entendais l'appel des loups
Je refermais la fenêtre
Mais dans mon âme tout devenait flou

Un vrai paysage de tempête
Et puis ces voix qui me hantent
Comme un appel à la vie
Et puis mon corps en tourmente
Qui s'accroche et qui s'enfuit
Alors j'ai quitté mon loup
Un soir où la lune était pleine
Je suis allée au rendez-vous
De ceux qui vivent sans leur chaîne

On ne fera plus l'amour, on ne fera plus
la guerre
Mais y'aura toujours des silences qui
ressembleront au désert
Au désert...

Table des matières

Chapitre 1
Pourquoi deux loups se rencontrent? 9

Chapitre 2
Ces voix qui me hantent 23

Chapitre 3
On se croyait tout seuls au monde 37

Chapitre 4
Et on faisait l'amour,
et on faisait la guerre 49

Chapitre 5
Drôle de pèlerinage 63

Chapitre 6
Au retour de ces noces 79

Chapitre 7
Tout devenait flou 93

Chapitre 8
Ce qu'il y a de plus souterrain 109

Chapitre 9
Un vrai paysage de tempête 123

Chapitre 10
Mon corps en tourmente 135

Épilogue
Y'aura toujours des silences 149

Achevé d'imprimer
sur les presses de Litho Acme inc.